新潮文庫

奇　　貨

松浦理英子著

新潮社版

10171

目次

奇貨

奇貨

齢《よわい》四十五ともなると時折、若い頃嫌な目に遭わされて恨みを抱いている知り合いが死んだという報《しらせ》が届く。そうなってわかったのは、長年恨んでいた相手の死を知っても嬉《うれ》しくもなければ溜飲《りゅういん》が下がるでもなく案外平静な気持ちで受け止める、しかしながら、恨みそのものは相手が死のうが生きていようが消えない、変わらないということだ。二十代の頃つき合いのあった編集者に、私の書いた小説の些末《さまつ》な部分にいちいち高圧的に文句をつけ、登場人物の髪の長さや名前にまで自分の好みを押しつけるなど、今思い返しても作品をそこねるばかりだった人物がいた。当然の如《ごと》くやがて袂《たもと》を分かつことになったのだが、この人物が死んだ後のある日、その顔写真を新聞で見かけて反射的に「死ね」という念が込み上げた。すぐに「もう何年も前に死んでいた」と気づいて苦笑したが、込み上げた暗い念は容易に減衰せず、写真の顔の部分を鋏《はさみ》で一突きしてから新聞を閉じることになった。悟った。普段は忘れていることが多いとしても、生きている限り、この恨みの情は私の肉体の中でとぐろを巻いていて、時に目覚めうねうねと蠢《うごめ》くだろう、と。

七島美野《ななしまみや》と一夜恨みを酒の肴《さかな》に飲み明かしたことがある。七島美野は、これまでにも私の小説に「七志田《ななしだ》」とか「七霜《ななしも》」といった名前で登場した友人で、実は今一緒に暮らしている。と言っても、内縁関係では全くなく、家賃を何割か負担するという条件で、貧乏私小説作家の私が会社員時代の蓄えを元手にやっと買った二LDK＋納戸《なんど》のマンション・ルームをシェアして住んでいる、いわゆるシェアメイトである。七島の恋愛や欲情の相手がすべて同性であることも、以前の作品に書いた通りだ。いや、それは書いてなかったか。書いた後で削ったり、思い直して再度書いたり、さらに気が変わってまた削ったりしていると、書いたのだか書かなかったのだかわからなくなる。面倒なので確かめない。七島のセクシュアリティを書くことについては、七島本人に「本田さんの小説は発行部数四千部だし、本田さんの知り合いすら本田さんの小説は読まないんだから、何を書かれてもかまわない。わたしも読まないし」と承認を得ているので、地球上で四千人以下のわが読者諸賢は心配なきよう。ちなみに七島は私を筆名の梅木ではなく本名の本田で呼ぶ。

恨み話に花が咲いたのはまだ同居していなかった三年ほど前のこと。七島の方から「飲みたい」と連絡して来たので家に招いた。対座して三十分後には恨み話が始まっていた。私が恨んでいるのは主に、能力が低い上に誠意のない仕事関係者か、少年時代の仇敵《きゅうてき》、具体的に挙げれば小学校の時に「おまえは女子と喋《しゃべ》る以外何《なん》もできんとや」と私につらく当たった教師や中学時代私を見下して「おまえの将来は下着泥棒か露出魔ばい。両方かも知れんね」と言いがかりをつけた同級生のいばり屋など、または折々出会う無礼なサービス業者といったところだが、七島の場合はこうした類《たぐい》の他に不首尾に終わった恋愛の相手が加わる。私には怨恨《えんこん》を残すほどの濃厚な恋愛の経験がないので、七島を通して恋愛によって通常と異なるおかしな精神状態になった人間のありようを知るのがなかなか面白い。

「赦《ゆる》せば楽になるってよく言うけどどう思う？」七島が問う。

「楽になるかなあ。恨んでても別にしんどいこともないけどな。」

「だよねえ。かりに楽になるとしてもわたしは赦さない。」七島はきっぱりと言うのだった。「だって、赦したらあの人は他人に何をしてもいずれは赦されると思って、ますます世の中を舐《な》めるだろうから。」

「いいね。教育的だね。だけど、そいつは七島が赦してないってこと、わかってるのか？」

「わかってないだろうね。それどころか今もわたしが自分に恋い焦《こ》がれてるものと決め込んでると思う。ああ腹立たしい。」

　七島は飲みつつ喋りながら、私が小説のアイディアを練るのに使う白紙のレポート用紙にシャープ・ペンシルで女の顔を描いていた。「あ、そっくりに描けた」と嬉しそうな声を上げて差し出した紙には、背筋を伸ばしてパソコンらしい四角い物に向かう眼鏡をかけた女が描かれていた。デッサン力には乏しいものの、カーディガンの編み目まで描き込んで質感をうまく表わした、酔っぱらいにしては丁寧な絵だった。それが七島がその時、いや現在に至るまで最も生々しい怒りを抱いている相手、寒咲晴香《かんざきはるか》らしかった。写真すら見たことのない私には似ているのかどうかわからなかったが、少なくとも絵の女は聡明《そうめい》で有能なキャリア・ウーマンという雰囲気だった。

「この微妙に歪《ゆが》んだ微笑《ほほえ》みを浮かべた口元見て。これが噂《うわさ》の世の中を舐めきった笑い。」

　確かに似顔絵の口元は面妖《めんよう》な曲線で表わされていた。

「この口の端にフックを引っかけて二十センチくらい伸ばしてやりたい。」

　そう言うと七島は、マンガ的な誇張表現で寒咲晴香の口を引き伸ばした。私もボールペンを取って寒咲晴香の頬に昭和四十年代のマンガに出て来るようなつぎはぎを描き入れた。額に十字型の絆創膏《ばんそうこう》も描く。髪もあちこち飛び出させてざんばらにする。

「ひどい。ボロボロになってる。」

　七島は愉快そうに笑い、さらにコブをつけ足し蠅《はえ》をたからせた。

「何で蠅がたかるんだ？　臭いの？」

「こいつの心の中に残るわたしの腐乱死体が臭気を放ってるの。」

　七島はくつくつ笑いながら、もう一体寒咲晴香の似姿を描き始めた。今度は寒咲晴香は縛られて宙に吊《つ》るされ下から焚《た》き火で燻《いぶ》された。楽しそうな七島を見ると私も刺戟《しげき》されて、先述の元同級生のいばり屋が太い金棒で後頭部を殴られている場面を、眼球が二つ飛び出しているところに特に力を注いで描いた。実に気持ちがよかった。描いている最中はあたかも殴る動作に入っているかのような興奮を軽く覚えるし、完成した絵を見返せば実際に殴ったかのような爽快《そうかい》な気分になった。

「本田さんの画風、気持ち悪い。グロいホラー・マンガみたい。笑える。」

　そう言った七島は、寒咲が俯《うつぶ》せに倒れている姿を描き、その背中の上にゾウを描き足しているところだった。「あの人動物には優しいから、動物をどんどん載せる刑に処す」と宣言し、足の上にはパンダをつけ加える。「頭にはドブネズミだな」と提案すると、前歯の凶悪そうなドブネズミを器用に描く。私も手を出してゾウの頭にカメを載せ、それから二人でコアラやらゴリラやらさまざまな動物を寒咲の上にてんこ盛りに盛りつけた。私を貶《おとし》めた元同級生は道橋というのだが「寒咲に道橋を殴らせよう」と言って、拳《こぶし》を振るう寒咲を七島に描いてもらい、顔を殴られてのけぞる道橋を私が描いた合作も仕上げた。当時四十二歳の男と三十二歳の女のやることとしては幼稚だったかも知れないが、その晩は陰気な笑い声を漏らしながらのそんな遊びが楽しくてたまらなかった。

　ところで、私は先ほど「七島を通して恋愛によって通常と異なるおかしな精神状態になった人間のありようを知るのがなかなか面白い」と当たり障《さわ》りのない書き方をしたが、ありていに言えば、七島が熱くなっているのが見ていて面白いのである。七島と寒咲晴香の間に起こったのは要するに、一度体の交わりを持ったものの寒咲の拒絶により長期にわたるつき合いには至らなかったということであって、〈やり逃げ〉ということばが存在するのでもあきらかなように、そんな事例は世の中にいくらでも見られるのだからいちいち根に持つほどのことではない、と私には思える。七島だって他の誰かに同様のことをした憶《おぼ》えはないのか。そう言うと七島は憤然とする。

「『要するに』って、いろんなニュアンスを切り捨てた雑な要約をするからそんなありふれた話になるんじゃない。」

　やや詳しく物語ると、こうだ。現在の会社に七島が中途入社した時、入社年次が違うにもかかわらず年頃が同じだという理由で、寒咲が女子だけの同期会に誘ってくれた。それから友人づき合いが始まったのだが、七島がレズビアンであることを七島のことばの端々から敏感に感じ取った寒咲は、いちだんと七島に興味を示し、レズビアン・バーやレズビアンのクラブ・イベントに一緒に行きたがるようになった。七島の方も寒咲が気に入っていたので、寒咲がその調子で同性愛に目覚めれば恋人同士になれるのではないかと少しく期待した。ベッドの中でもベッドの外でも受け身の性質の七島に対して、寒咲が一方的にセクシュアリティ絡《がら》みのからかいをしつこくしかけて来たし、七島はすっかり寒咲は七島と性行為がしたいのだ、と思ってしまった。

「でも〈半端《はんぱ》ヘテロ〉は姑息《こそく》だから、絶対自分からしたいとは言わないの。『あなたはレズビアンなんだから、あなたから誘ってよ』っていう顔をして、いつまでも延々と謎《なぞ》をかけるようなことを言い続けるんだよね。『あなたが女の子としてるところが見たい』とか『もしわたしがレズビアンだったら、わたしたちつき合ってたかな』とか『高校であなたと出会ってたら思わず押し倒しちゃってたと思う』とかね。」

「〈半端ヘテロ〉って、どっちつかずのセクシュアリティのこと?」

「うん。わたしの考え出したことばだから、わたしのまわりでしか通じないんだけど。〈半端ヘテロ〉っていうのは基本はヘテロセクシュアルなんだけど、異性にしか興味がない完全ヘテロの人たちとは違って、同性にもいくらか興味や愛着があるのね。でも、バイセクシュアルの人たちほどセクシュアライズされていないっていうか、自覚的・行動的ではないというか、同性に対して揺れ動いて時には性行為をしたりもするんだけれど、結局中途半端にしか同性とかかわらないの。」

「揺れても帰って行く先は異性愛なんだろ。ヘテロセクシュアルと言っちゃだめなのか？」

　私の問に七島はここぞとばかり力を込めた。

「一回でも進んで同性とセックスしてそこそこでも楽しんだ人は、ノンケとかストレートとかヘテロセクシュアルと自称しちゃいけないと思うの。〈半端ヘテロ〉なんだよ。ああ、でも『中途半端にしか同性とかかわらない』なんて断定しちゃ悪いかな。〈半端ヘテロ〉同士で萌《も》え合って安全に遊んで満たされてる分には、何の問題も起こらないものね。真剣につき合いたがるレズビアンとは求めるものが違うから遺恨を生む場合があるってことだね。」

「お互い一夜限りと割りきってりゃ遺恨もないだろう。」

「そう、そうなんだけど、いつもそこまできちんと意思疎通《そつう》できてるとは限らないから……。特に寒咲みたいに心の裡《うち》を見せたがらない人とは。」

　クラブ・イベント帰りに七島の部屋に泊まった寒咲に「やってみる？」と尋ねて、

二人は性行為をした。翌朝、七島は何も言わない寒咲に「つき合って」と言ってみたのだが、寒咲は「だめ」とひとこと答えて帰ってしまった。それ以後、頻繁に交わしていたメールもぷつりと途絶えたし、会社では部署が違うからほとんど会うことはないのだが、寒咲が翌月の同期会に珍しく欠席したことで、七島は避けられているのだと理解した。大して好きでもなくやりたくもなかった相手とうっかりセックスしてしまって、後に〈汚点〉と振り返るということが世の中にあるのは、わかっている。〈半端ヘテロ〉に出会うのも初めてではない。いや、だけど、あれだけ親切にしてくれて、さんざん謎をかけ粉をかけるようなことを口にして、普通に考えたら間違いなく誘ってると判断されるような態度を取っておいて、しかも性行為中はとても積極的だったのに、わたしのことを好きじゃない、やりたかったわけじゃないなんてことがある？　と、七島は唖然《あぜん》としたと言う。

自分が何か無神経なことをやったのか、性的技巧が寒咲を満足させるのに充分ではなかったのか、それとも、同性との性行為に憧《あこが》れていた寒咲だが、実際やってみると思い描いていたほど素敵ではなくて失望した、というふうなことなのだろうか等々と、うじうじ悩んでいるより率直に本人に思いを伝えてみよう、と決心して、七島はメールを書いた。わたしはあなたが好きなので恋人になれれば嬉しいけれど、もしあなたがあれっきりにしたいならそれでもいい、わたしのいちばんの望みはあなたとはいつでも笑って会いたいということだから——と、七島としては心を込めてしたためたつもりだったが、数日後に返って来た寒咲の返信は、七島の書いた内容にはいっさい応《こた》えず、最近観《み》た何とかという映画がとてもよかったというようなどうでもいいことが書かれてあるばかりだった。

「それでわたしはまた愕然《がくぜん》としたの。『ごめん、恋人にはなれない』でもなく『うん、あの日のことは忘れて』でもなく、人の心からのことばを完全に無視するなんて、どうしてそんなことができるんだろうって。二十代初めくらいまでの女の子だったらともかく三十歳を過ぎて、きちんとしたことばで断わらないで、無視することで相手に察してもらおうとするのは幼過ぎない？　それに、何で返事を出さないっていう方法を選ばないで、わざわざこんなバカにしたような返信をして来るの？しかもわたしたちは友達でもあったわけじゃない？　たった一回セックスしたくらいでまともな交流ができなくなる程度の友達でしかなかったの？　っていうショックもある。終業後に待ち伏せして問い詰めてやろうかとも考えたけど、ストーカーみたいでみっともないし。」

「何で寒咲の気持ちなんか知りたいんだ。むこうがどういうつもりであれ、恋人になれないという事実は変わらないのに。」

私がそう言うと、七島は心底嫌そうな顔をしたものだ。

「人と人との関係ってそんな結果がすべてみたいな単純なものじゃないよ。本田さんはそういう機微《きび》がわからないんだよ。」

「未練があるから知りたいんだろう？」

「もちろん。でも、未練だけじゃない。」

私が七島にこの家に越して来てはどうかと提案したのは、そんな事情のもと七島が、拒絶された悲しみと寂しさ、ないがしろにされた口惜《くや》しさ、寒咲の気持ちがわからない不全感、そうした諸々《もろもろ》の感情を抑え込んで寒咲と出くわす可能性がゼロではない会社に勤めるのはつらい、辞めたいのだけれど、辞めるとこのご時世次の勤め口を見つけるのはなかなかたいへんだから悩んでいる、と打ち明けた時だった。

私たちは十年来お互いの家を行き来し泊まることさえある間柄だったが、さすがに七島は不審げに訊《き》き返した。

「本田さんと暮らすの？」

「うん。おれも一生結婚できないだろうし、親ももういないから、友達でもそばにいてくれると嬉しいんだ。家賃を払えない時には払える日まで待つよ。飯なんかもそれぞれ勝手に作って食べて、普段は基本的に不干渉でやろう。嫌になったらいつでも出て行けばいい。」

「男と暮らすのは……」

「大丈夫だよ。おれ、糖尿病でもう勃《た》たねえし。」

「いや、そういう心配はしてないんだけど。」七島は笑った。「心配なのはレズビアン仲間に誤解されること。美野はあまりにも女にもてないからとうとう男に走った、とか囁《ささや》かれそう。」

「友達なくすか。」

「それは別にいいんだけど。……ほんとにわたしにここに来てほしい？　わたし、寒咲によく『美野《みや》は人のことばを真に受け過ぎて面白い』って笑われてたんだけど、本田さん、後で『ほんとに来るとは思わなかった』なんて言わない？」

「言わない。……きみは実際からかわれやすそうだな。」

「……どうせなら女の友達と同居したかったな。相手のあてはないけど。」

ともあれ、そういう経緯で私と七島は一緒に住むようになった。その直後に寒咲は台北《タイペイ》だかソウルだかへの異動が決まり会社で鉢合わせする恐れはなくなったので、七島は会社を辞めずにすんだ。同居は短命に終わるかと思ったが三年も続いている。

＊

七島は私を人情の機微がわからないと言うが、恋愛の機微にうといだけで、若い頃の私は女の友人たちに「女の気持ちがよくわかる男」と言われていたのだ。「同性同士みたいに話せるから一緒にいて楽」と各種打ち明け話の聞き役として重宝《ちょうほう》された。私としては女性相手に会話する時も特に気を遣うわけではなく自然に頭に浮かぶことを口に出すだけなのだが、言われてみれば子供の時分から、男よりも女相手の方が話したいこともたくさん浮かんで会話が長続きした。二歳上の姉がいて、少女マンガなども読んで育ったのが影響しているかも知れない。それと、あまり性欲が強くなく、女性と楽しく喋っている時に性欲が刺戟されて密着したくなるということがないのも、相手に男性性を感じさせない要因になっているのではないかと思う。「本田くんってホモ？」（当時は「ゲイ」という言い方は一般的ではなかった）と訊かれたこともあるが、今のところ男への欲望は抱いた経験がない。精神的にも肉体的にも女の方が好きだ。

しかし、所詮《しょせん》私は生物学的にも社会的にも男であって、女友達に完璧《かんぺき》に女同士のようなつき合いをしてもらえるわけではない。温泉に一緒に行っても混浴することはないし、女友達が女だけで集まりたい時には誘われない。どんなに楽しく話せても、おそらく彼女たちと私の間にはどこかに感性や存在感の違いがあるのだろう。では男としてもてるかというと、まるでもてない。複数いた女の友人たちは時期が来るとみんなどこぞの男と結婚した。こちらも彼女たちと結婚したかったわけではないが、一人くらい恋愛結婚ならぬ友情結婚をしてくれる者があってもよさそうなものだ。ある友人などは「どこかにいい男いないかなあ」とぼやくので私が冗談で自分の胸を指差すと「それはない」と言ってぷっと吹き出しさえした。ひょっとすると容姿のせいでもてないのか。「本田くん、見た目は普通中の普通だよね」と言われていたので、フェロモンが乏《とぼ》しいということか。

初めての性交は高校三年生の冬休みで、相手は一学年上の文芸部の先輩だった。

気安く話しかけて来る人で、「本田くんごたる変人は私小説作家になったらよかたい」と今日の私を予見するようなことを言われた記憶もある。卒業して大阪の大学に行った先輩と道端でばったり出会い、喫茶店で話し込むうちにラブホテルに誘われて「ラッキー」とばかりについて行った。同級生の男連中の大半がまだ童貞だったので、バレンタイン・デイのチョコレートももらったことがないくせに「おれってもてるのか？」と勘違いしかけたけれども、先輩からは二度と連絡はなく特別な好意を持たれてはいなかったと知ることになった。私の方も先輩に恋愛感情こそ抱いていなかったものの、最も性への好奇心の強い年頃だったから、願わくはまたやりたい、できればあと四、五回、とそれなりの熱さで望んでいて、どうももう会えそうにないと悟った時はかなり気落ちした。恨みこそしなかったけれども、人生で二番目に大きな色事絡みの落胆ではあった。

初体験以降の歩みを辿《たど》っても、私には女から誘われて一回情事を持ちそれっきりになるという経験が少なくない。正直に言えば、風俗嬢ではない一般の女性との交わりの大半がその恰好《かっこう》になっている。事後「これっきりにしとこうね」とちゃんと〈挨拶《あいさつ》〉をしてくれた女もいるが、ほとんどの場合は高校の時の先輩と同様二度と誘って来ないことが先方の意向を表わしていた。そういうことがたび重なると、七島ではないが私とて何故《なぜ》こうなのかと考える。男連中は「おまえから押さないから終わるんだよ」と言うが、それはおそらく違う。私は性的にがつがつしていなくて安全そうで、フェロモンは乏しいが一応男なので、その時たまたま性欲が高まっているか、性の場数をふやしたいか、ちょっと毛色の変わった男とやってみたい女に誘われるのだ。私が彼女たちにことさらに愛着を感じておらず私の方からは誘わないことも、彼女たちは見越しているのだろう。私が二度交わるに値しない男だということも一度交わればあきらかになるだろう。

何人かの女に「やり方が優しいね」と世辞を言われるように、私は女の体に触れる時「細かく、念入りに」を心がけている。細かく念入りな愛撫《あいぶ》のしかたを私は大学時代、女同士の性行為を見ることで学んだ。エロ・ビデオでもストリップ・ショーでもなく生の性行為である。大学の飲み会からの流れで女二人と私だけになって、その内の一人の女のアパートに泊めてもらうことになり、一Kの六畳間に雑魚寝《ざこね》していたら女二人が抱き合ってキスを始めたのだ。こちらには眼もくれず熱心にやっているところからすると、私に仲間に加わってほしいわけではなさそうだった。見られたかったのかも知れない。私が体を起こしても気にしない様子だったので、つけっ放しにしてある天井のナツメ球のぼんやりとした明かりのもと、二人の女の性行為を胡座《あぐら》をかいて見物した。私としては非常に勉強になった。一人が腰骨をなぞられて反応を示した時には、自分の下着の内に手を入れて腰骨のあたりの感覚を探ってみたりもした。最も感銘を受けたのは、刺戟する範囲がほぼ全身にわたっていることと、一箇所の愛撫に私の二倍の時間をかけていることだった。

すべてのレズビアンがああいうふうな性行為をしているのかどうかは知らない。また、あの二人がレズビアンだったのかどうかもわからない。少なくとも一人の方は二十代のうちに結婚したそうだから、バイセクシュアルか七島の言う〈半端ヘテロ〉だったのかも知れない。もう一人の消息はとんと耳にしない。ともあれ私はこの二人から見憶えたことを実践するようになった。はっきり言って退屈な作業だったが、相手の女に感銘を与えることができればと願って精魂を込めた。しかしながら、さしたる感銘も陶酔も与えることはできず、せいぜい先述の通りの世辞を言われるくらいなのは、いったい何が違っているのか。そういうことはやはり女に訊いてみないと始まらない。どう訊けばいいのかわからないので大雑把《おおざっぱ》に「おれ、何か特徴ある？」と尋ねると、「見た目の印象と同じ」とか「思ったよりよかった」といったあまり参考にならない意見が多い中、「うーん、丁寧なんだけど、何か淡泊。念入りなんだけど、中年男のねちっこさとはまた違う感じ」と答えてくれた女がいた。

もっと詳しく教えてほしかったのと誠意ある答を返してくれたのが嬉しくて、この人には例外的に私の方から連絡をし、今一度トレーナーに教えを受けるように性行為をしてもらい、その後もしばらく友人としてつき合った。彼女はこうも言ってくれた、「あくまでも私の意見だから、気にし過ぎないでね」とまずは気遣いをして、「あのね、あなたより雑でテクニックがないのにあなたよりも満足感を与えてくれる男はけっこういるの。テクニックの問題じゃないと思うんだよね。あなたには普通の男にはある男らしさ、オス臭さみたいなものがないんだよ」と。「オス臭さってどんなの？」と、腑《ふ》に落ちるものを感じたからこそ私は喰い下がった。彼女は首をかしげながら答えた、「言うのは難しいけど、あなたからはあんまり昂奮《こうふん》してる様子が伝わって来ない。たとえば、乳房好きの男だったら乳房を攻める時に夢中になってるのがわかるけど、あなたはずっと平淡。すごく真面目《まじめ》にやってくれてるのは伝わって来るけど、どことなく機械的に感じられるの。で、あんまり求められてる感じがしない」。最後に「でも、あなたと相性のいい女の子もいると思う」と慰めるようにつけ加えた。

確かに私は女体が好きだが、女体の一部分に格別の執着の的があるわけではない。乳房や腰のラインなどを見れば好ましく感じるが、思うさま触りたいとか男の書いた下品な読み物に出て来る「むしゃぶりつきたい」というような衝動に駆られたことは一度もない。女体にうるさい注文などなく、きめ細かい肌の下に脂肪がたゆっていればそれでいい。女体に触れる時自分としては昂奮しているつもりだが、楽しませる作業をしている時は理性的なのがあたりまえで、自分が昂奮して夢中になるということがあるとは思えない。むしろ私は女に対して受動的になっている時の方が昂奮する。風俗未経験の頃は、女に口に含まれた後上に乗られて性交という流れが最も楽しめた。どうしてすべての女が自発的にそうやってくれないのだろうと思っていた。私が最も長くつき合った、というか本格的につき合った唯一《ゆいいつ》の女は頼めばやってくれたが、彼女自身がさほど楽しめていないことが行為中に伝わって来たので、私も完璧な満足感は得られないのだった。私の愛撫について「あなたからはあんまり昂奮してる様子が伝わって来ない」と言われた意味が、逆の立場に立つことで体で理解できた。

そもそもつき合った彼女は穏やかで真面目な人柄で、性的なことにそれほど探求心のないタイプだった。例によって私に恋愛感情はなく、つき合うに至ったのは会社の後輩だった彼女が機会あるごとに私に親切にしてくれたからだが、きっと私のことも穏やかで真面目で決して好色ではなく接しやすい男と見間違えたのだろう。それも無理はなく、私も彼女も髪型や服装が実に普通で何の面白味もないところなど、外見はお似合いのカップルだったのだ。彼女はベッドでの私の奉仕作業にも不満はないようで、その点では相性がいいと言えたのだが、彼女に能動に回ってもらうと先述のような限界があった。彼女とつき合った経験から私は性行為の相性の難しさを思い知った。彼女との性行為はだんだんつまらなくなって行き、私はなかなか勃起《ぼっき》しなくなった。こんな男を恋人に選んでしまった彼女は全く気の毒だったと今でも胸が痛む。

私の性癖を鮮やかに解析したのが七島である。

「本田さんは〈攻め〉欲がありませんね。完全に〈受け〉ですね。わたしもそうです。」

その話をした当時は仲はよくともまだ会社の先輩と後輩という間柄だったから、七島の私へのことば遣いは丁寧だった。七島によると、〈攻め〉〈受け〉はボーイズ・ラブと呼ばれる、女性による女性のための男性同性愛にまつわる性的空想を扱った創作物で使われる用語で、〈攻め〉は能動的な役割を果たす側、〈受け〉は受動的な役割を果たす側を示すとのこと。〈攻め〉＝サディスト、〈受け〉＝マゾヒストだと誤解している部外者もいるが、サディズムやマゾヒズムを含みはしてもそれのみに限定される概念ではないそうだ。

「受け身の方はされることに対して感じるんだから、ごく普通でわかりやすいじゃないですか。でも能動的な側って自分は刺戟されてる側じゃないのに、精神的な喜び以外にどこにどう喜びを感じるんだろうって不思議だったんですよ。ボーイズ・ラブを読んでみて初めて、自分のすることによって相手がいい反応を返すのが面白くて、それ自体がエロティックな喜びになるんだってことがわかりました。わかったって言ってもうっすらと見当がついただけで、〈攻め〉の喜びを自分の喜びにすることはできませんけど。」

その頃私は性感マッサージに嵌《はま》っていた。性感マッサージとは挿入行為なし、女性へのタッチなしで、男性客が受け身になって肛門やら前立腺《ぜんりつせん》やらを刺戟してもらう風俗業で、Ｍ性感とも呼ばれる。つき合っていた女と別れてから、自分が満足できる性行為を探して性風俗界をさまよった。高い料金を払ってまで挿入したいとは思わないのでソープランドには行かず、受け身でいたいしことば責めされるのも好きだがあんまり痛いのはだめなのでＳＭクラブもちょっと、というわけで、最もしっくり来ると感じたのが性感マッサージだった。性感マッサージだと私は面白いように勃起し射精した。そんな自分を、男の中で多数派には属さないと自覚してはいたが、同性愛でもなくマゾヒストでもなくフェティシストでもなく性的逸脱者と呼ぶにはどうにも生ぬるい、いったいどう位置づけたらいいのだろう、と思案していたから、〈受け〉だとの七島の指摘には胸のつかえがさっぱりと下りた。

性感マッサージ店にはお気に入りの娘もできた。恋がどういうものかしかとはわからない私が、おそらくいちばん恋に近い感情を抱いたのが風俗嬢のこの娘である。とりたてて美しくもなく細身で派手さもなかったが眼尻の切れ上がったあたりに小《こ》粋《いき》な感じがあり、低めのやわらかい声音で「で、どうしてほしいの？」などと言われると、もう力がきれいに抜けて体がふわりと空に浮かんだようになり、来たるべき刺戟を待ち受ける境地にたやすく達してしまう。店に行けば会えるので店外デートに誘うようなことはしなかったが、名刺を渡したり花とか菓子などを手土産に持って行ったりはした。彼女には本名の和将《かずまさ》から「カズ」と呼んでもらっていた。去り際《ぎわ》に「今日もありがとう」と言って握手を求めると、「カズは面白いね」と呟《つぶや》いて素に戻ったような微笑みを浮かべ握手に応じてくれ、以後は別れ際の握手が恒例となった。ある日店に出かけて彼女が辞めたことを知らされた時には愕然《がくぜん》として、別の娘を指名する知恵も回らず、放心状態で夜の繁華街を三時間ふらふら歩いた。気がつくと口の端から涎《よだれ》が垂れていた。子供の頃、涙を堪《こら》えると涎が出たのを久々に思い出した。二箇月ほどは彼女を思うたび、また性欲が兆《きざ》すたびに胸が冷え、新しいお気に入りを探そうという気にすらなれなかった。これがわが人生最大の色事絡みの落胆である。

三十代から四十代初めにかけては、性の喜びは風俗嬢に、交友の楽しみは女友達に満たしてもらう日々だった。お気に入りの風俗嬢を失った悲しみから結婚願望が芽ばえて、今度あれほど気に入る女性が現われたら土下座してでも結婚してもらおう、おれは浮気はしないしがんばって小説も書いて絶対苦労はかけない、家事なんかもしてくれなくていい、何なら彼女の方は他に愛人を持ってもいい、ただできれば風俗の仕事は辞めてほしい、でもどうしてもと言うなら続けてもいい、などとあれこれ構想を練《ね》り、性感マッサージ店めぐりに精を出したが、ついぞ先の彼女ほどの逸材には出逢《であ》えなかった。むろん風俗嬢でなくともよかったのだが、性は結婚の枢軸《すうじく》であろうし愛情も性行為によって増幅されるものだと感じるので、私の望むような行為に馴《な》れている風俗嬢に当たるのが手っ取り早かろうと考えていたのだった。一般の女性に私の望むような行為を積極的にやってくれる人はまずいない、いるとしてもよほどの僥倖《ぎょうこう》に恵まれなければめぐり逢えない、ということもわかりかけていた。

そうこうしているうちに性欲は盛りを過ぎ、風俗店には行かなくなった。それと連動するように糖尿病に罹《かか》って、そのせいかどうか定かではないが、もともと強くもないのがますます勃《た》ちが悪くなり、妻を迎える自信がなくなって結婚への意欲が衰えた。女友達のほとんどが結婚したり単に疎遠になったりして、交友関係が極端に乏しくなったのも同じ頃である。親も亡《な》くした。頻繁に行き来する男友達はもともといない。生活に張りがなくなり人生を失敗したような気がして鬱《うつ》状態にも陥ったが、何故《なぜ》か小説の評価がしだいに上がって行ったので生きる意欲も何とか持ちこたえた。そんな状況で、知らず知らずのうちに七島を始めとする残り少ない女友達への精神的な依存度が高まったように思う。ただ、向こうは私をそれほどたいせつな友達とは見なしておらず、せいぜい二番手、三番手の友人もしくは知人グループに分類しているのはわかっている。そのことにもやもやとしたものを覚え、私は女に生まれた方が幸せだったのではないか、などとうっかり考える。

さらにうっかり「おれ、レズビアンになれたら精神的にも肉体的にも深く満足できるのに」と七島の前で口走り、そんな甘いものではないと怒られた。七島の言うことはもっともで、ある種の人間は男であっても女であっても異性愛であっても同性愛であっても、ぴったり合う相手はなかなか見つけられない。七島もそういう種類の人間だからこそ、私などと一緒に暮らしているのだ。だから甘い了見は棄《す》てるとして、現在の私が抱くせめてもの願いは、プリンスが"If I Was Your Girlfriend"という曲で歌っているように、女友達と女同士のように仲よく遊んだり世話をし合ったりすることである。プリンスの曲は恋人である女に向かって女同士のような穏やかな親密さがほしいと言っているのだろうけれど、私は女友達とも恋人とも女同士のようにつき合いたい。口に出せば女たちに「気持ち悪い」と言われそうだが。

＊

今朝九時頃起床して自室からリビング・ルームに出ると、七島がソファーにすわってテレビを観ていた。「あれ、会社は？」と尋ねると、眠気の取れていない声で「行くよ、これから」と答える。服装も髪も整えられていたしバッグも脇《わき》に用意してあったので、寝坊でもしたのだろうと思い、顔を洗ってから予約洗濯しておいた洗濯物を洗濯機から籠《かご》に移していると、中に洗濯ネットに入ったブラジャーを見つけた。洗濯も各自別々にやることになっているので、七島が前回の洗濯の時に取り忘れたものと思われた。一応知らせておこうと首をめぐらせたが、七島はちょうど外から玄関の扉を閉めたところだった。ベランダに出て、タオルを物干竿《ものほしざお》に掛けたついでに下を覗《のぞ》くと、ほどなくマンションの玄関口から七島が姿を現わした。私のいる三階のベランダを見上げることもなく、七島はきびきびと歩いて行く。朝の日差しを反射して髪に俗に〈天使の輪っか〉と呼ばれる光の輪が浮かび上がっている。遠目に見る七島は可愛《かわい》い。どんな人間でも遠目には可愛いものだろうけれど。

七島とは三十八歳まで勤めていた会社で出逢った。私が三十三歳に、七島が二十三歳になる年のことである。新入社員を歓迎する飲み会で正面にすわったのが大卒で入社して来た七島だった。私は黙って飲んでいたのだが、私より二年ほど先に入社した沖浦という男が七島の隣で私を指し「この男は作家なんだぜ」とよけいなことを喋った。時折文芸誌に小説が載るものの、著書は二冊しか出版されておらず売れてもいない私の筆名を知っている人は世間ではほとんどいなかったから、そんな話を出されても「えーっ、何ていうお名前なんですか？」「梅木響市《きょういち》という名前で書いています」「……あ、そうなんですか。すみません、知らなくて」というふうに、双方気まずい空気になることが多く、中には無邪気に「芥川賞はお取りになっていらっしゃるんですか？」などと悲しくなる質問をする人もいて、沖浦の出しゃばりは迷惑な限りだったのだが、かつて小説好きだったと言う沖浦はどうもそういう空気を見物して楽しんでいる節があった。

七島は「わたしは小説には詳しくないんです。ちょっと前は斑尾椀太郎《まだらおわんたろう》をよく読んでたんですけど」と前置きしてから、私の筆名を尋ねた。一歳年上の才知に富む美男作家の名前が挙がったのには僻《ひが》みを抱いたが、横から「斑尾かよ、女の人は斑尾が好きだよなあ」と小さく笑った沖浦に振り向きもしなかった七島の落ちついた風情《ふぜい》は、非常に好ましかった。私から筆名と漢字の表記を聞くと七島は、知っているとも知らないとも言わず「ブルースマンみたいなお名前ですね」と微笑んだ。つまらなそうにこちらを見ている沖浦をよそに、私たちはひとしきりポピュラー・ミュージックの話に興じた。気が強そうなのに七島の私に向ける眼差《まなざし》は心なしか温かく、もうその時から友人になれる予感がしていたと言っていい。本音を言えば、年の開きはあるけれども、もしもこの娘が能動的なたちで私に迫って来てくれたら喜んでつき合うだろうな、とまで考えた。そういうことは決して起こらないと知るのはもっと後になる。

七島の方は私を五分ほど観察してホモセクシュアルかマゾヒストだろうと思ったそうだ。

「どちらでもないとしても男社会からはみ出してる感じでしたね。わたしは子供の頃から男社会からはみ出した男とはうまく行くんですよ。それにあの時、沖浦さんのかまい方に本田さんへの愛情は感じられなかったし、本田さんは不愉快なのを隠そうとして困った顔になってるし、味方をするなら本田さんっていう気持ちになりました。」

何度目かに会社帰りに飲んだ時、そう聞かされた。仕事を終えて机を立つタイミングもほぼ同時だったその日は、何となく初めから「今日は今まで以上に打ち解け合うきっかけになるだろう」という予感があった。私は「味方をする」とは何をどうしてくれるのだろうと疑問を抱きつつも悪い気はしなくて、ホモセクシュアルでもマゾヒストでもないが、中学校以降本当に気の合う男の友達ができないこと、高校の文芸部や大学ではそこそこの仲間づき合いもあったがもはや彼等と会う機会はめったにないこと、入社して十年以上になるのに会社にも友達はいないこと、おそらく私に好意を抱いてくれる人でさえも、どこか肌合いを異《こと》にする私と親しくつき合いたいとは思わないのだろうと推測していることなどを話し、七島の眼力《がんりき》を讃《たた》えた。

「男は嫌いですか？」イカの沖漬けを突つきながら七島が尋ねた。

「嫌いということはないな、むやみにいばったり序列をつけたがったり徒党を組みたがったりしない奴《やつ》ならね。かっこいい男は好きだよ。でも生まれつきおれは女の方が好きなんだと思うんだ。子供の頃、乱暴者の姉貴に髪の毛摑《つか》まれて壁に頭をぶつけられた上にゴリゴリこすりつけられたりしてたけど、ちっとも女嫌いにならなかったもんな。」

「お姉さん、強烈ですね。」七島は面白そうに言った。

郷里で調理師と結婚して二人子供を産んだ姉は、私と七島が一緒に暮らし始めてから一度マンションにやって来た。事前に内縁関係ではないと言って聞かせたにもかかわらず、七島に「本当にこんな人でいいの？」と尋ねるので、二人でそういう仲ではないと強く否定すると、戸惑ったように私と七島の顔を見比べたがふっと得心した表情になり、七島に向かって「そうよねえ。そんな仲のわけないよねえ、この人と」と大きく頷《うなず》いた。「何《なん》か、その言い方は」と思わず方言で文句を言った私に、「あんた、結婚はできんばってん子供の頃からうちもおるし今はこん人もおって、身近に女っ気の絶えることだけはないねえ。不幸中の幸いやったね」と追い討ちをかける姉は、中年になっても相変わらずだった。

「おれが普通の男とちょっと違うのは姉貴のせいだったりして。」

「そういう人と違うところを小説に書くんですか？」

「まあそうだね。おれの場合はね。」

習慣的に、おれはおれの愚かなところや滑稽《こっけい》なところを私小説という水槽に入れて泳がせ観察記録をつけてるんだ、という文学業界向けの与太《よた》を飛ばしそうになったが、私の小説を読んでいない様子の七島にそんな話は退屈だろうと思ったので、省略した。七島は仔細《しさい》らしい顔でイカの沖漬けを飲み下すと言った。

「わたしなら人と違ってるところを話す相手は選びます。誰にでもは話しません。他人を受け入れない度量の小さい人や、誰彼かまわず触れて回る人には話さないし、動揺し過ぎたり野次馬的な興味を持ち過ぎたりする人もうっとうしいから避けます。」

「わかるよ。おれだって私小説を書いてるけど、小説を読んだだけでおれのことをわかった気になられると面白くないとか、いろいろ微妙な気持ちがあるから。」

「あと、話しても面白くない人には話さない。この人に話してもしょうがないと思うような人とか。」

私は空豆をつまんだ手を宙に止めて笑った。

「『聞かせてほしければ聞かせるに足る人物になれ』って?」

「その言い方だと偉そうに聞こえて困るんですけど。ただ、当然のように告白を要求して来る人っているじゃないですか。『自分をあきらかにしないのは不誠実なことだ、悪いことだ、あなたも告白すれば楽になれるはず』みたいなモラルを振りかざして。本当の動機が、こちらのことを聞き出して好奇心を満たしたり、自分たちとは別の種類の人間と確認して改めて線引きすることであっても、高邁《こうまい》なモラルが掲《かか》げられる。こういう時のモラルって、ほとんど人を脅迫する道具であり権力ですよ。わたしはそんな権力に従いたくない。『こちらが知ってほしいわけじゃない、あなたがたがむやみに知りたがっているだけだ』と言いたい気持ちがあるんです。そういう立場を取ると知りたがられるネタを持っている方が強くなる。」

「権力関係を転倒させるんだな。秘密は特権にもなり武器にもなるというわけだ。」

「ああ、そういうかっこいい言い方ができるんですね。勉強になります。どうぞ空豆、食べてください。」

私は空豆を立て続けに三つ胃に収めた。食べている間、七島との会話を元に自分の小説に思いを致した。七島が敏感に嫌がっている通り、人のことを知りたいという欲望は健全な範囲内での好奇心ばかりではなく、知ることによって相手を掌握《しょうあく》したいという支配欲である場合がある。私のような私小説作家は人間のそういう好奇心や支配欲を前提として自己を露出した小説を書いている。とはいえ書く側にも権力はあって、書きたくないことは書かないですませられるし、事実をいかようにも変形させて書くことができる。読者もある程度それを了解している。しかしやはり、読む側には書かれたことが事実であってほしいという願いがあるように思える。私小説にはそんな願いにつけ込んで書かれる面がある。それは書き手と読み手の真実をめぐる隠微《いんび》な駆け引きである。私はそういう駆け引きが嫌になり、いかにも嘘臭《うそ》い私小説を書こうと試みた時期がある。プロレスのように、キャラクターも物語もあきらかに嘘なのだが、嘘がいつの間にか切実なものを映し出しているような私小説を。力不足ゆえ、さしてうまくも行かなかったが。

「本田さん。」七島が呼びかけた。「本田さんはわたしのことは女として全然好みではないと思うので気楽に言いますけど、わたしが本田さんに恋愛感情を抱くことは決してありません。それは本田さんの魅力がどうこうという問題じゃなくて、わたしの性的指向の問題です。本田さんには話せると思ったのでお話ししておきます。」

とっさに、会話の流れのせいでもあるのだろうが、とても価値のある稀少《きしょう》なものを手渡されたかのような嬉《うれ》しさと面《おも》はゆさと、大きな期待はしていなかったとはいえ、七島が私の好む性格・性嗜好《しこう》の女性ではなかったことによるいささかの落胆が胸を占めたが、そうした感情とは別に脳裡《のうり》に閃《ひらめ》いたのは、仕事が終わった後、七島が三、四年先輩の女子社員である襖田《ふすまだ》絵里と絡み合いもつれ合い、二人嬌声《きょうせい》を上げながら楽しそうに女子用ロッカー・ルームに入って行く光景だった。

「きみは襖田が好きなの？」

「あ、襖田さん？」七島はそこでも楽しそうな笑顔を見せた。「そんなふうに見えましたか？　それはないです。素敵な先輩ですけどね。じゃれて遊んでるだけで、本気の気持ちを向けることはあり得ません。」

「ばっちり肌が合ってる感じがしたけれど。」

「きれいな人だから触れ合うのは嫌じゃないですよ。でも襖田さんは中味がごく普通だから、絶対恋には発展しません。わたし、そう簡単に人を好きにはならないんです。」

こいつも好みの偏《かたよ》った奴なんだな、と理解したが、その時はまさか七島が三十五歳になっても安定した間柄の伴侶《はんりょ》を得られないとは予想できなかった。レズビアンにどれだけの出会いがあるのか、またその世界ではどのようなタイプがもてるのか知らないが、七島は顔も体形もまずいということはなく、人間性に大きな難があるようにも見えず、さまで恵まれないとは信じがたいのだった。まあ私などにここまでなついているところからして、筋金入りの変人であり孤独な人間なのだろうとは思う。かわいそうに、と胸の裡《うち》で呟いてみて、七島を哀れむ前に私は七島同様変人で孤独な自分を哀れんでいるのだと気がつく。急いで哀れみの情を打ち消す。私と七島との暮らしが孤独な者同士肩を寄せ合っている図だとは考えたくない。

自分の洗濯物を干し終え、ネットに入った七島のブラジャーを見下ろしてどうしたものかと考える。干しておいてやるのが親切か。私の方は少年時代から堂々と干してある母と姉の下着を見て育っているため、ブラジャー如《ごと》きで情を催すということはない。下着を基本的に自室に干している七島は、私の手がブラジャーに触れるのを嫌がるだろうか。放っておけば水分を含んだブラジャーには細菌が発生し悪臭がするだろう。もう一度洗えばいいだけだが、今日乾かしておかないと七島が身に着けられるブラジャーのストックが尽きてしまいはしないか。何気ない顔で干しておけば七島もあたりまえのように受け止めるのではないか。私がブラジャーに手を触れないと性的なものを意識しているように取られ、かえって気まずくなる可能性もある。

干しておいてやることにして洗濯ネットのファスナーを開く。ペパーミント・グリーンの物とローズ・ピンクの物の二本が中にあった。レース飾りも美しい。むさ苦しい男物の衣類と一緒に洗って申しわけなかった、加齢臭が移ったりしていないだろうか、と心配になったが、ナノパワーで繊維の奥の汚れまで落とす洗剤を使っているので大丈夫だろう。干そうとしてふと干し方に迷った。私の実家ではブラジャーのカップとカップの間を洗濯挟みでつまんで干していたが、つき合っていた恋人は背中側のホックの所を挟んでいた。どちらが適切なのか調べようとインターネットで検索すると、両方のカップの上部二箇所を挟んで着けている時と同じ恰好で干すのが推奨されていた。すでに小物干しもいっぱいだったし、そんな優雅なことをしていられるかと思い、カップとカップの間をハンガーに掛け二つ折りの形に干した。洗濯挟みの跡もつかないし悪い干し方ではあるまい。

午前中は小説を書き、昼飯の後は先日他の私小説作家と行なった対談のゲラに手を入れた。同席した編集者はいい対談だったといつもの如くお世辞を言ったが、読み返しても緊張する場面があった。私は、神あるいは世間に対して己の愚行を告白するものとして始まった私小説であるが、一九九〇年代にデビューした自分には告白しようなどという気持ちはなく、私小説は作者と覚《おぼ》しき主人公が登場して自分及びその周辺のことを語るという形式を満たしていれば私小説と言える、語られている内容そのものは大嘘であって差し支えない、この形式の中でやれることは案外多い、と私見を述べると、対談相手は「私小説はそのような形の問題ではない。告白したいという衝動はいまだに生きているはずだ」と主張し、お互いに譲らなかったのだった。手直しがすむと、洗濯物を取り込んでおいてから食材の買い出しがてら歩きに出かけた。

四十一の年に糖尿病との診断が下ってから、毎日のウォーキングは欠かさず、たまにワインを少量飲む以外は酒を断ち、甘い物を時々食べてしまうので徹底しているとは言えないが食事もある程度管理して、初期の投薬で血糖値を下げた後は薬もなしで何とか進行を抑えている。「野菜、海草、茸」と唱え食材のＧＩ値を頭の中でおさらいしながらスーパー・マーケットを巡り、家に帰ると雑穀を交ぜた飯を専用の鍋にしかけ、塩・砂糖をほとんど使わない菜を用意する。元より料理の腕はなく、私の作った物は私以外の者には食えたものではないだろうと思っていたこともあって、最初七島に飯はそれぞれ勝手に作って食おうと言ったのだが、意外にも七島は私用の献立に興味を示した。もともと健康食に関心があったそうで、血糖値を下げる食材や食べる順序に関する私の講釈を熱心に聞き、インターネットや本で裏づけを取ってもいるようだった。そして、いっさい調味料を使わない長葱のスープやトマト・スープに始まり、雑穀入りの飯やオーヴン・トースターであぶっただけの大根、すり胡麻《ごま》しか振っていないおひたし、酢とオリーヴ・オイルのみで作ったサラダ・ドレッシングなど、私の献立を自分の食事にも取り入れて行った。

そうして献立に共通するところが多くなると、おのおの料理をするよりも二人分一度に作ってしまった方が合理的だから、私は七島の食べる分も勘定に入れて夕飯の支度をするようになった。七島が食べなかった場合は翌日私が食べればすむ。七島は初め恐縮していたがそのやり方を受け入れ、休みの日にたまにちょっとした料理を作ってくれるようになった。充分糖尿病に配慮した料理で、真剣に糖尿病食の研究をした形跡が窺《うかが》えた。こう書くとまるで夫婦ごっこをしているかのようだが、私は六時半に夕食をとる習慣だし七島はたいていそれより帰宅が遅いので、普段一緒に食卓を囲むことはない。七島が夕食を食べている時に私がリビングで新聞でも読んでいれば話もするが、精読したい本があるなどで私が自室に籠《こ》もれば一晩に二言三言の遣《や》り取りしかしないこともある。七島が下着を部屋に干し、生理用品を入れる容器をトイレに持ち込まずひっそりと始末しているらしいところを挙げてもよい。どう見ても私たちは単なるシェアメイトなのだった。

リビングで往年の名画『ウエスト・サイド物語』のDVDを観《み》ていると七島が帰って来た。まずトイレに行ってからリビングの一人用ソファーにすわると、「ありがとう。あれ、干しておいてくれたんだね」と言った。ブラジャーはトイレを出た所の脱衣場に掛けておいたのだ。「何取り忘れてんだよ」と軽口を叩《たた》くと、笑って「陰干しにしてくれた？」と尋ねる。「悪い。気が回らなかった。けど、他の洗濯物の陰になってたと思うよ」と答えると、頷いた七島はテーブルのポットから急須《きゅうす》に湯をそそぐ。夕飯は外で食べて来たのか、食卓には見向きもしない。映画は、少年のようにジーンズを穿《は》いたショート・カットの少女が、それまでは女であるがゆえに少年だけのグループ、ジェット団に入れてもらえなかったのが、一つ手柄を立てたことで念願の仲間入りを赦《ゆる》される場面を映していた。十代で初めてテレビで観て以来ずっとこのくだりが気になっている私は、この女の仲間にも男の仲間にも入れないトランスジェンダーとも呼べそうな少女の境遇をせつなく思い遣った。

「あのね。」七島が口を開いた。「寒咲が台湾支社から帰って来るんだって、来月。」

七島がいまだに寒咲の名前を心寒そうに唇に上《のぼ》せるのが不思議かつ痛々しかった。

「そうか。あれから三年たつもんな。」

「社内報で寒咲の談話取らないといけないみたい。」

七島は今の会社では社内報の編集をやっているのだった。

「七島がやるの？」

「うん。他に人いないし。」

「厄介だな。心にシャッターを下ろしてやるしかないな。」

七島が黙っているので、もう一言声をかける。

「会社、辞めたいか？」

「ううん。もうそこまでは思わない。知らん顔できる。」

そうあってくれ、凛々《りり》しく誇り高くあってくれ、という気持ちで「だよな」と返すと、七島は「うん、邪魔してごめん、映画観て」と言い置いて立って行った。もっと続くべき会話が中絶したような心もとなさが残ったが、気にすることでもないだろうと思い私は映画に眼を戻した。

　それが三月の初めのことだった。

*

　七島から寒咲が帰国することを聞いた後すぐ、私はいつもに増して気合を入れて書いていた小説の追い込みで頭がいっぱいになり、七島の胸中が気にかからないではなかったが、「七島もいい年をした大人だから自分で処理できるだろうし、私は恋愛の話が得意ではないし」などとも思い、わざわざ寒咲の件を私の方から七島に尋ねることはしなかった。そうして一月ばかり過ぎ、小説を脱稿して私にゆとりが戻った頃、七島の生活にはそれとわかる変化が生まれていた。

　最近はめっきり減っていたが、七島が一晩中遊んで始発で帰って来ることは時々あった。私が昼飯を食べ終わる頃、七島がご機嫌でもなさそうな顔で起き出して来るので「何かいいことあったか？」と尋ねると、決まってにやっと笑い「何も」と答える、そんな遣り取りが恒例となっていた。根掘り葉掘り訊《き》きはしないが、つまらなそうな様子からしておそらく、七島の気をはずませるような出来事は本当になかったのだろうと思えた。七島が楽しそうに話すのは、人から聞いた興味深い逸話や愉快な人物・片腹痛い人物の目撃談だけで、ひょっとすると七島は魅力的な人物との出会いではなく、話の種《たね》になる人物との出会いを求めて出歩いているのか、と思うくらいだった。こいつに伴侶ができないのは一つにはこの観察眼の辛辣《しんらつ》さのせいじゃないか、と案じつつ私も喜んで土産話を聞いていた。

ところが今回は違った。朝帰りして何となく晴れ晴れとした顔をしているなと思っていたら、七島の部屋から長電話の声が聞こえて来るようになった。ことばの一つ一つまでは聞き分けられないが、ドアの近くで耳を澄ませば笑い声や会話がはずんでいる模様などは耳に届く。そう、私はドアの近くで耳を澄ましたのだ。七島が長電話をすることなど絶えてなかったから。初めての長電話は日曜の夕刻だった。キッチンで夕飯に何を食べるか相談している時に、七島の携帯電話が鳴った。それで七島は自室に入り一時間以上出て来なかったのだが、発信者の名前を確認した時かすかに表情が華やいだのを私は見過ごさなかった。何と。好みのうるさい七島にも息の合う相手が見つかったのか。

私は七島に「恋人ができたのか？」と尋ねた。七島は「え？　できてないけど。何で？」と意外そうに逆に訊いたが、はたと思い当たったように「あ、電話の相手？　友達だよ。最近できた友達」と言うと、さもおかしそうに笑い出した。

「恋人だったらよかったんだけどね。向こうもレズビアンだし。」

「これから恋に変わらないとも限らないじゃないか。」

「ないない、友達に恋愛感情持つなんて。私の場合、好きになるかならないか出逢ってすぐわかるから。今仲のいい人のことは色恋抜きですごく気に入ってるの。誰かを好きと感じるのが久しぶりだから、ちょっと浮かれてるかも知れない。」

「友達と恋人と、どこでそうきっぱり分かれるんだ？」

「それは簡単。私の求める種類のセックス・アピールがあるかないか。または性的に合うか合わないか。」

明快な答には納得したが、新しい友達ができたくらいでそんなに嬉しいだろうか、という疑問が残った。

「え？　経験ない？　意気投合して友達になって、これからもっとよく知り合って行こうとしてる時の、わくわくする感じ。無性に会って話したいって思って、性欲も接触欲もないけど、ほとんど友達に対して萌《も》えてるみたいになるの。いちばん楽しい時期。」

そう説明されて思い出した。十数年前ほかならぬ七島と親しくなって行く過程に、わくわくする感じは確かにあった。先に書いた通り、七島の性嗜好が私の欲求にぴったり合うものであったら、という期待はそこはかとなく抱いていたが、それとは別に、十歳も年下なのに話が通じて、私のような少々風変わりな男も受け入れる懐《ふところ》の深さのある七島は、いっとき性感マッサージ以上に私の関心を惹《ひ》きつけていた。はて七島だけだったか、私の人生はそんなに貧しいのか、他に誰かいなかったかと懸命に、半《なか》ば意地になって記憶をかき回すと、大学時代に知り合ったある男の同級生のことが甦《よみがえ》った。

美男だった。女の好む甘さと男の好む精悍《せいかん》さが一つの顔に共存していて、やや甘さが優《まさ》っていただろうか。男ばかりの排他的なチームを組んで固まっているような連中は決して仲間に勧誘しないタイプであり、また、女に対しては努めて愛想よくしていなければ、「顔がいいからって気取ってる」と、そしられるタイプであった。

顔のいい男が好きな私だが、織部《おりべ》というその男のことは最初の二年間は気に入っていなかった。机にどっかり腰を下ろして仲間と乱暴なことばで喋《しゃべ》り大声で笑う姿に、相容《あいい》れないものを感じていたからだ。三年生になって、受講者の少ない授業で一緒になって初めてまともに口をきいた。がさつとばかり思っていたのは間違いで、細かい気配りのできる優しい男だとわかった。

本人の言うには、自分は自然にふるまっていると話しにくいと思われるのか、あまり人が寄って来ないので、意識的に多少粗野《そや》にふるまって周囲となじむようにしているとのことだった。男でも女でも美貌《びぼう》の同性に対しては私のように憧《あこが》れる者だけではなく、妬《ねた》んだり、そばにいると見劣りするために敬遠したりする者がいる。容姿だけで目立ち浮いてしまう織部は孤立しないように処世術を磨いたらしかった。私がはっきり好意を表わしていたので安心したのか、「本田といると外ヅラを作らなくてすむから楽だ」と織部が言ったことがある。喫茶店で向かい合って話していた時だ。私たちはまるでデートをするように、二人だけで喫茶店に入り映画に出かけた。あれはきわめて〈萌え〉に近かった。

織部と疎遠《そえん》になったのはどうしてだったか。お互い就職活動で忙しくなりそのまま会わなくなったような印象もあって、無難にそういうことにしておけば心の安寧も脅《おびや》かされないのだけれど、織部に誘われて織部の属するグループと飲みに行ってから、そっけなくされるようになった気もするのだ。

そのグループの誰とも話が合わなかったし、彼らが彼らの嫌っている女子学生を肴《さかな》にして性格から容姿まであげつらい、「あいつ処女？」「あいつとやる物好きはいないだろう」「無人島に二人きりになってもやらないよな」などと話していたので、その女子学生と時々話していた私は、つい「あの子、経験はそれなりにあると思うよ。あのへんの女の子たちはよく暇潰《ひまつぶ》しに『来島《くるしま》と芦川《あしかわ》のどっちかにフェラチオしなきゃ殺されることになったら、どっちとする？』なんて話してるし」とよけいなことを言ってしまった。来島と芦川はそのグループの最も口汚ない男である。たちまちのうちに座の温度が冷えたことは言うまでもない。誰かが雰囲気の回復をはかって冗談っぽく「で、どっちを選んだ子が多かった？」と尋ね、さすがに私も「憶《おぼ》えてない」とごまかしたからどうにか場は救われたが、あれで彼らの仲間になる人間ではないと認定されたのは間違いない。

店を出てから駅までの帰り道、織部が「本田は世渡りが下手だな」と囁《ささや》いた。世渡りのうまい織部は私と友人でいるのは得策ではないと判断したのかも知れない。あるいはその一件は全く関係がなく、ある時私が織部の顔が好きだとぽろりと漏らしたのが、同性愛を思わせて織部を怯《おび》えさせたのかも知れない。数日後、教室で織部のグループの一人が寄って来て「おまえホモ？　織部に惚《ほ》れてるのかよ？」と訊いたことからすると、仲間に相談せずにはいられないほど困惑したものと見える。その男の不躾《ぶしつけ》な訊き方が不愉快で、私は背を向けて答えなかった。仔細に思い返せば、それから私の方も織部に近寄らなくなったのだった。もしあの時織部とちゃんと話していたら、もしくは私がこだわりのない態度で明るく接していれば、交友はもっと長く続いただろうか。今となっては惜しむ気持ちはなく、どうでもいいのだが。

「そう言えば、寒咲とはもう会ったの？」

　私の問に、七島はかすかに苛立《いらだ》った表情を見せた。もちろん問にではなく、話題になった人物に対しての苛立ちである。

「会った。寒咲の帰朝を祝う同期会には出なかったんだけど、その後例の社内報の取材で。愛想よく迎えられた。」

「三年たって冷静さを取り戻したな、奴は。」

「で、お土産くれた。お茶と、台湾の南の方の博物館のミュージアム・グッズ。その土地の出土品をモチーフにしたピン・バッジなんだけど、これがすごく素敵なのね。あの人、センスはいいの。」

見たいと言うと、七島は部屋から持って来た。人間二人が頭に豹《ひょう》のような動物を載せているさまを円形にまとめたデザインで、直径一センチにも満たない小さな物だったが、金属製で古代銅貨のような渋い色合いに仕上げられ、なるほどしゃれていた。

「いいね。阿修羅《あしゅら》のバッジと交換しないか？」

私の持っている興福寺の阿修羅像の輪郭をかたどったピン・バッジを、前に七島が羨《うらや》ましがったことがあるのだが、今七島は首を振った。

「だめ。悪いけど、こっちの方が出来がいいもの。あ、別に寒咲にもらった物だからっていうわけじゃないよ。わたしは心底嫌いな人からもらった物でも、気に入ったら捨てないで取っておくの。」

「まあバッジに罪はないからな。」

「でね。同期の一人と話しててわかったんだけど。」七島は眉《まゆ》をひそめた。「ピン・バッジくれたの、わたしだけなんだって。他の人はお茶しかもらってないって。」

私も眉をしかめた。

「懐柔《かいじゅう》しようとしてるのか。メールとか個人的な連絡はいっさいないしね。適当に機嫌取って、何のわだかまりもない恰好《かっこう》に持って行きたいんだろうね。」

「そう思う。上辺《うわべ》ではうまくやって行くために。」

「それ、ピンのキャップ取って寒咲の靴の中に入れとけよ。」

「また古典的な。」七島は苦笑した。「寒咲は会社でサンダルに履き替えないから、そんなチャンスないよ。」

「弁当のご飯の中にこっそり仕込んでやれ。」

「あのね、言ったでしょ、これは手放さないから。」

そこで私がまたよけいなことを口走ってしまったのは、七島の様子から寒咲への未練を嗅《か》ぎ取ったからではなく、苦々しさを滲《にじ》ませながらも七島がどこか昂奮《こうふん》しているように見えたからだ。新しい友人に萌えているばかりか、かつての思い人まで身近に戻って来て、芳《かんば》しいものかどうかはともかくとしてまたいくらかの起伏がありそうな時、昂奮しないはずがない。たぶん私の口調は揶揄《やゆ》しているふうにも聞こえただろう。

「七島、充実してるな。」

「ん？　何が？」

案の定七島の声がかすかに尖《とが》った。私は急いで取り繕おうとした。

「いや、おれなんかに比べたら心をかき立てるものがあるだけいいなって思ったんだよ。思い通りにはならなくてもさ。」

「そう？　本田さんだって少し前までさんざん風俗通いして人生楽しんだでしょ。」

確かに。一瞬「性風俗など後に何も残らない」と思いかけたが、小説の題材にもしたし、快かったこと、腹立たしかったこと、ほろりとしたこと、寒々としたこと、いろいろ記憶に留まっている。長期的な人間関係は得られないが、日常の友人や恋人や結婚相手とのつき合いだって永続するという保証はないのだから、決定的な違いはない。私のように強固な人間関係を築けない者は性風俗があって本当によかったと寿《ことほ》がなければ罰が当たる。——そう考えながらも、すんなりとは承伏しがたい、口惜《くや》しいような気持ちが抑えきれないのは何故なのか。それでも「うん、そうだね。

本田さんの生活、ほんとに地味だよね」と言われるよりはずっといい。私は七島の三十五歳という年齢なりではあるが、いまだ艶《つや》を失わず光をよく反射する頬から眼を逸《そ》らし、気持ちの矛先《ほこさき》も逸らした。

その日以来、私は七島の動きが気になってしかたがなくなった。七島の部屋から話し声が聞こえると「また電話をしている」と、まるで固定電話が家庭に一つしかなかった時代の親が長電話する高校生の子供に対して口にするようなことばがせり上がる。たび重なると舌打ちしたい気持ちにも駆られる。電話代を払う親とは違って私の感情が理不尽だということは百も承知である。いや、親の感情だって案外理不尽なもので、長電話する子供への不満の理由はかさむ電話代だけではなくて、子供が親離れして自分の世界を持つことから来る寂しさもあるということは、私自身も中学・高校あたりで感じ取っている。しかし、私の七島への不満はさらに理不尽でしかも幼稚だった。私の感情の核には、七島ばかりが楽しそうであることへの嫉《しっ》妬《と》と、大声で言いたくはないが「美野ったらこの頃あの子とばっかり仲よくして」というふうな女子中学生じみた僻《ひが》みがあった。七島が「この頃はお互いパソコンを持ってたらただで音声通話できるから便利だよね」と夢見る表情で言った時には、歯軋《はぎし》りする思いだった。

七島に友達ができたことを祝福する気持ちも抱いてはいるのである。だが、おかげで私との会話に割かれる時間が減り、新しい友達が相談相手になっているためなのか、寒咲とのことさえも私にはあまり話そうとしなくなった。私はあきらかに七島にとって二番手以下の友達に成り下がっていた。今までにも女友達をめぐっては憶えのある経験だったが、今回ほど落ちつかない気分に支配されたことはない。私はこれほど七島に依存していたのかとおののいて、他の人間関係が稀薄《きはく》なせいだ、少し外に眼を向けようと思い、近くの将棋会館に行ったり、親しい編集者を誘ってキャバクラに遊んだりしてみたが、喜んだのは編集者だけで私には大して愉快なこともなく、ますます七島の充実が羨ましくなった。

七島と友達の会話に興味が募って行ったのは、そこに私が七島に与えることのできないまばゆい何かがあり、私にとっては未知の幸福を見出《みいだ》せるはずだ、と考えたからだ。あるいは単に、嫉妬や僻みや寂しさが昂《こう》じておかしな形に変質したと言うべきかも知れない。いずれにせよ私の頭は熱を持ったようになり、七島が電話で話している気配を感じるとパソコンのキーボードを打つ手も鈍って、会話の内容についてあれこれと空想が拡《ひろ》がるのだった。二人がどんなに息が合っていて当意即妙の冗談や皮肉を連発し笑い合うのか。親しい仲において生み出されるはずの二人の間だけの流行語や隠語《いんご》はどんなものなのか。音楽のセッションのように会話は盛り上がって行くに違いない。私のことは友達にどう説明されるのか。適当な説明ですまされるのか、面白おかしく語られるのか。「いいことも悪いこともしない無害な人」でもいいけれど、せめて「普通の四十五歳よりは子供っぽいけど憎めない人」くらいの好意を込めて話してほしい。

遣り取りされているであろうメールにも関心はあったが、七島は読み応《ごた》えのあるメールはさほど書かない人間だし、やはり電話や直接対面での時間的なずれのない生の遣り取りに、友達との仲のよさは最もよく顕《あら》われると思えた。ならば七島と友達が会う時に同席させてもらえばいいではないか、という意見もあるだろうが、簡単にそういうことが言えるのはシャイネスを知らない人間であると断じたい。また、今が「いちばん楽しい時」だと言う二人の逢瀬《おうせ》に割り込んで邪魔をするのはそれが恋仲でなくとも野暮の極みであるし、第一、私が加わると二人の会話はどこかしらいつもとは違ってしまうだろう。

私は七島たちが会っているカフェやバーの近い席でこっそり二人の自然な会話に耳を傾けたかった。だがそれは実行できそうにないので、七島が自室で電話をしている時、部屋の扉に耳を押しつけたり壁に当てたコップに耳を寄せてみたりした。コップには期待したけれども、私の聴力が年のせいでかなり衰えているためか、はかばかしい集音効果は得られなかった。扉に耳をつけていた最初の頃は喜劇を演じる俳優のような冷静な視点も持っていたと思うのだが、コップの効果に失望し焦《じ》れて欲求にはずみがついたのか、では盗聴器を買ってやろうという気になった。「盗聴器」でインターネットの検索をかけるとすぐにいくつか販売サイトが見つかったが、盗聴器はそう安価ではなく、周辺機器も含めると、少なくとも私にはコスト・パフォーマンスがよい物とは思えなかった。道徳観念は変調をきたしていても経済観念は正常を保っていたのだ。

盗聴器の購入は諦《あきら》めて検索結果のページに戻ると、「携帯電話で盗聴」という文字が眼に入った。そのサイトに飛んでみると、「決して悪用はしないこと」という注意書きの下に、携帯電話を盗聴器として使用するやり方が丁寧に説明されていた。簡単に言えば、ハンズフリーで通話するための性能のいい集音マイクと、着信があると触れて操作しなくても自動的に通話状態になる機能と、着信の際の呼び出し音とバイブレイターを同時にオフにできる機能を備えた携帯電話があれば、それを盗聴したい場所に仕込み、他の電話から電話をかけることでその場所の物音を聴くことができる、ということだった。同じ趣旨の他のサイトには盗聴器として使える携帯電話の機種がリストアップされていて、幸運にも私の使っている携帯電話もリスト中に入っていた。これはもう天に「盗聴せよ」と導かれているようなものであろう。翌日私は盗聴に使う携帯電話の替わりに普段使うための新しい携帯電話を買った。

＊

今さら言いわけがましいけれども、本来私は覗《のぞ》き見や盗み聞きをするような人間ではない。小学生の時に開けっ放しだった姉の部屋の畳に転がっていた日記帳を開いたことはある。数日分の日記しかつけられていなくて、しかも「浩子たちとうどんを食べに行った。」だの「北山最低。」だの一日一行、最後の日付の日記など「わっわっわ——っ!!」と殴り書きされているだけの内容の乏しいものなのに、読んでいるのを見つかって後ろから拳《こぶし》でこっぴどく殴られた。それがきっかけというわけでもないと思うが、中学生の時分から私は、友達の部屋に招き入れられても本棚に並んでいる本をつぶさに見るのすら気が引けるたちだったし、知り合いが、街で引っかけた女の子をホテルに連れ込むと隙《すき》を見てバッグの中を調べる、と言うのを聞けば心の底から驚いた。恋人の留守中に恋人の部屋にいる時は必ず引き出しの中などをチェックすると言う女の知り合いもいて、何故《なぜ》そんなことをするのかと問えば「弱みを握って優位に立ちたいから」と私には予想もつかなかった答をくれた。

そう言えばあの娘は三十代で鬱《うつ》病を患《わずら》って自殺したんだっけ、と思い返しながら、盗聴用に仕込む携帯電話の通話相手の声を聴くための孔《あな》にテープを何重にも貼《は》りつけて厳重に封じる。これで万が一にも盗聴しているこちら側の音は漏れない。フル充電も着信音、バイブ、着信ライトなどのオフ設定も、着信があれば自動通話を開始する設定も、間違いなくすませた。登録した番号以外からの着信を拒否できる機能を利用して、私の新しい携帯電話及び固定電話以外からは決して電話がかからないよう細工もした。もちろん七島も含めた数少ない番号登録者たちには新しい携帯電話の番号とメール・アドレスを通知してある。七島を筆頭に、どうして従来の番号、アドレスを持ち越さないのかと訊く者もあったが、「整理したい関係があるから」と言えば納得してもらえた。それから、盗聴用電話をハンカチでくるむ。どうせ隠すのだからくるむ意味はないのだが、一見して電話とわからない方が安全な気がしたのだった。

準備は整った。新旧の携帯電話とガムテープを手に、会社に出かけて不在の七島の部屋の扉を開ける。各部屋に鍵《かぎ》が備えつけられているのだが私も七島もかけたことはなく、今もかかっていなかった。カーテンを閉ざして薄暗い部屋に足を踏み入れると、ああ、一線を越えた、七島の信頼を裏切った、自分で自分を汚してしまった、という思いが胸苦しく立ち上るとともに、これでおれも覗き見や盗み聞きをする人物を赦せるようになるだろうな、という考えも静かに滲み出して来た。だいたいおれはもっと早くにこういう糞《くそ》にまみれて同じような糞にまみれた連中と抱擁を交わさなければならなかったんだ、そうすればもっと視野も広く寛大になれいつまでも一人ではなかったかも知れない、おれはおれ流の糞にまみれて人を寄せつけなかったんだけれど、やっとかつて知らない匂《にお》いを放つ糞に身を投げた、ほしいものを獲《と》りに行く〈攻め〉の姿勢にもたぶん初めてなれた、これはこれでいいことなんじゃないか、と妄言じみた思考がずるずるとひり出される。寝言は後だ、獲《と》りに行くぞ、と自分を奮い立たせる。

七島の部屋は簡素で、目につくのはベッドと本棚一架とノート・パソコンを載せたテーブルくらいである。ノート・パソコンのそばのPC電話用と覚しきマイクつきのヘッドフォンが、小憎らしくきらめいて映る。慌《あわ》ただしい朝の支度を物語って、作りつけのクローゼットは少し閉め残され、ベッドの上にはパジャマと何着かの服が畳まれないまま投げ出されている。見た途端に罪悪感で、と言うよりは、こうしてやすやすと他人に侵犯されている七島の弱さ、可憐《かれん》さに胸が絞られた。しかし感傷を弄《もてあそ》んでいる暇はなく、携帯電話の設置場所探しにかかった。重さでやや前に傾いた本棚の裏は、壁との間が上に行くほど広くなっている。その隙間の適当な箇所にガムテープでブツを貼りつけた。ためしに新しい携帯電話から盗聴用携帯電話にかけてみる。着信音もバイブ振動もせず着信ライトの明かりが明滅する様子もなかった。指を鳴らしたりテーブルを叩いたりしてみると、見事に音はマイクに拾われ耳に当てた携帯電話からも聞こえて来た。よし、と頷き、七島のベッドに向かって詫《わ》びる気持ちで片手拝《おが》みをしてから部屋を後にした。

心の距離は測れないが物理的に七島のいちばん近くにいるのは私なのだから、つらいことがあったら七島は真っ先にではなくともやがては私と分かち合おうとすると思っていた。私より親しくて愛着を寄せる友達が他にいたとしても、私のことも感情の掃き捨て場として便利に使ってくれるものと。今七島は沈んだ眼をして私の前を素通りする。絶対に何かあったに違いないが私には何も言わない。私に対する態度は常と変わらず穏やかで友好的なのだけれど、日々七島に私に欠けているものを突きつけられているような気がする。私には七島が私にしない話を盗み聞きする以外に感情を鎮《しず》める術《すべ》がない。

＊

最初の機会は簡単に捉《とら》えることができた。日曜日の夕方、一緒に共用スペースの掃除をすませ、お茶を淹《い》れて一息ついた時に七島の携帯電話にメールが入った。七島は優しい眼でメールを読むと即座に短い返信を打った。それだけで相手が誰かわかるというものだが、案の定であった。短時間でもう一往復メールを交わした後七島は自室に引き上げ、ほどなく話し声がかすかに聞こえて来た。私も自室に入った。

すでに鼓動が速くなっていたが、昂奮のためなのか罪悪感のためなのかわからなかった。汗に湿った手で携帯電話を握り、大きく息を吸い込むと七島の部屋に仕込んである携帯電話に発信した。おそらく無料のPC電話での通話だろうが、マイクつきヘッドフォンを用いているためか、聞こえて来るのは七島の声のみだった。

――わたしが例のピン・バッジをもらってから態度を軟化させたのは確かなの。でも、必要以上にこちらからかかわろうとはいっさいしてないんだよ。向こうは同期会なんかで会うと親しげな素振りを見せるけど、こっちは舐《な》められてるんだとしか思わなかったし。

――寒咲はわたしの反応を見て楽しみたいんだと思うんだよね。あれから三年たって、わたしがストーカーみたいに寒咲を追いかけないってわかって、危険性はないって安心したんじゃないの。それで何もなかった頃みたいにわたしにかまうことを楽しめるようになったんだよ。

――寒咲はわたしがまだ寒咲を好きだと思ってると思うよ。「まだ」って言うか、わたしが根っからああいう〈攻め〉気質でサディスティックでさえある人を好きだって知ってるから、いくらでも強気になれる。

——あのね、精神的なものでも性的なものでも高い水準で欲求を満たしてくれる相手なんて、一生に一人巡り逢《あ》えたら幸運じゃない？　わたしにとって寒咲はそういう人で、好きっていうような純情な気持ちはないにしても、未練・執着ははっきりとあるの。寒咲が恋人にでも体だけのパートナーにでもなってくれるって言ったら、どっちにでも一も二もなくなってもらう。それはたぶん半永久的に変わらない。

——寒咲のセクシュアリティはわからない。その辺、あんまり深い話はしてないから。とりあえず〈半端《はんぱ》ヘテロ〉なんて言ってみたけど、欲望の対象の性別で分類すればそうなるってことで、寒咲に限らず誰のセクシュアリティでも、一つの項目だけじゃセクシュアリティ全体を言い表わせないじゃない？　もしかしたら寒咲は相手の性別がどうあれ性行為があんまり好きじゃないかも知れないし。あの晩そう感じないでもなかった。

——性行為、特にね、受け身になって触られること、〈受け〉になって攻められることが苦手なのかも知れない。〈攻め〉に回れば楽しめるみたいだけど、それがあの人にとって人生の欠かせない喜びなのかどうか。喜びなんだとしても、ぴったり合うパートナーを見つけるのがたいへんだろうね。人のこと言えないけど。どっちにしても寒咲は自分のセクシュアリティを突き詰めてないと思うの。

——そうだね、セクシュアリティだけじゃなくて、心の根っこみたいなものもたぶん突き詰めてない。だからなのかな、社交性もあれば親切さもあるし頭がよくて会話術も巧みだけど、実のない薄っぺらくてうつろな感じがつきまとうのは。

——うまく言えないけど、ことばの出し方が防衛的っていうか。積極的によく喋るんだけど、喋って攻めてるようで実は守ってる。自分の領域に立ち入らせないために面白いけど無難なことを喋って煙幕を張ってるみたいなんだよね。

——わからない。人格を形成する過程で大きく影響した出来事があったかも知れないし、ただ生まれつきの性分で自分の感じてることや深い気持ちを人に知られるのが嫌なのかも知れない。

——本人から聞いた話で影響が大きかったかも知れないことを言うとね、寒咲は親の仕事の関係で小学校四年生でアメリカに移ったんだけど、中二で親が日本に戻ることになったら、寒咲だけ寄宿舎に放り込まれて高校を卒業するまで一人アメリカに残されたんだって。四つ年下の弟は両親と一緒に帰国して。ハイ・スクールに上がるまで一緒にランチを取る友達さえできなくて、毎晩泣いてたらしいの。

——うん、親の方針でしょ。で、親の思惑通り娘は英語が堪能《たんのう》になって、語学力を生かせる仕事にもつけて、それだけを取れば悪いことはないみたいだけど、寒咲見てると、設計図に従って改造された半人工物みたいな感じがしないでもないの。すごくよくできたアンドロイドなんだけど、魂を注入するのだけは忘れられたみたいな。

——ん？　バイオロイド？　へえ、そう言うんだ。全部人工ならアンドロイドで、生身の部分が残ってるならバイオロイドね。憶えとく。でも、寒咲はウツロイドって呼びたいような気がする。うつろだから。

——ああ、じゃあその人をウツロイド二号って呼ぼう。寒咲が一号で（笑）。ヒサちゃんも苦労してるね。

——ウツロンB？　それ薬？　脱力剤？　脱魂薬《だっこんやく》？（笑）

——わたしはウツロイドによって人間から呪《のろ》いの藁《わら》人形に変えられた（笑）。

——まあセクシュアリティにしても精神的なものにしても別に突き詰めなくたって楽しく生きて行くことはできるんだから、突き詰めるか突き詰めないかは人それぞれでいいと思うの。心に鎧《よろい》をまとっている人がいるとして、その人が鎧を取った方が楽に生きられるとは限らないものね。セクシュアリティと来たらあるレベル以上に突き詰めるとどんどんマイナーになって実現不可能なところまで行きかねないし。ただ……。

——うん、ここからやっと本題に入るんだけど（笑）、ただ、うすらぼんやりとした欲求にまかせて他人を慰みものにしちゃいけないと思うんだよね。

——総務に鴻本《こうもと》って子がいてね。わたしや寒咲の六、七年後輩だからあんまり接点もなかったんだけど、寒咲が台湾にいる間に用事のついでに楽しく雑談くらいは交わすようになってたの。もちろん特別な関心なんて微塵《みじん》もなくって、浅いレベルの好意があるだけ。社内で可愛《かわい》いと言われてる子なんだけど、全然わたしの好みじゃないしね。で、この間の同期会で話題が社員の人物評になった時、その鴻本さんの名前も出て、わたしが軽い気持ちで「顔も可愛いよね」って言ったら、寒咲がいきなりこっちを振り向いて何て言ったと思う？　「手を出さないようにね」って言ったんだよ。自分の耳が信じられなくて啞然《あぜん》としてたら、また「鴻本さんに気をつけるように言っとかなきゃ」って。

――でしょ？　何の権利があって人前でわたしのセクシュアリティを肴にするわけ？　それも「手を出す」とか見当違いの方向に。自分はわたしと肉体関係持った〈半端ヘテロ〉のくせに。頭に来て「あなたじゃあるまいし」って言い返したんだけど、〈ヘテロセクシュアル〉のつもりでいる人間の余裕なんだろうね、寒咲は涼しい顔してるの。他の同期はセクシュアリティの多様性にはうといし、わたしと寒咲が三年前と変わらず仲がいいと思ってるせいか、気に留めた様子もなかったけど、問題はまわりの反応よりも寒咲の根性の悪さよ。ひっぱたいていいよね？　これ、ひっぱたいていいよね？

――よかった、承認された(笑)。ひっぱたくチャンスがあったらいいな。でもうまく当たるかな。かわされたりしてね(笑)。で、さっさと逃げられるかも。

――ああ、それいいね。なるべく丈夫でごつい靴を履いて行って、奴が逃げたらぱっと脱いで投げつける、と。だけどわたしが靴脱ぐ時によろけて転んだらコメディだよね。倒れた体勢から投げるの？　泣きながら？(笑)　そしたら寒咲まで吹き出しそうじゃない？　笑わせてなんかやりたくないな。

七島の声はやわらかく喋り方は寛《くつろ》ぎしかも生き生きとしていて、「ヒサちゃん」とやらいう相手への信頼といくぶんかの甘えであられもなく潤《うる》んでいる。何だ、これは。聞いていて恥ずかしくなる。訂正。盗み聞きしていて恥ずかしくなる。どこからあんな声が湧《わ》いて来るのか。あれが本当に性的関心のない友達に向けてのものなのか。私に対してはあそこまで甘い感じで喋ったためしがないではないか。それに、低くてビブラートのかかった声音で怒りを吐いていたかと思うと、ころりと浮かれた調子に変わって屈託なく笑い出す。何だ、この素直過ぎる感情表現は。心を開いているというのはこういう状態のことか。濁った恨みの声が交じるのに全体としてやたら楽しげなのも、そのせいか。寒咲への怒りですら会話の喜ばしさを引き立てるわずかな苦味のように聞こえる。なるほど、私は怒りを小説の材料に有効利用して来たけれども、負の感情は小説以外にもこのように人との交わりの楽しみに利用できるのか。しかし七島、やはり素晴らしく充実しているではないか。

七島とヒサちゃんの会話が山場を越えごく日常的な話題に移った頃合いに、手元の携帯電話を切ったが、胸をひりひりさせる厄介な感情はいっこうに治まらず、耐えかねて私は踵《かかと》を踏みつけて靴を履きマンションの外に出た。どこへ行くあてもないので、いつもウォーキングをする公園へ向かった。日曜の日暮れ時ゆえ人通りが多く、幾組もの親子連れや若いカップルとすれ違ったが、その類《たぐい》の親密さは私を悩ませることはない。若い時分ならともかく今さら世間並みの幸福にあてられて苦しむほどおれはやわじゃないよ、とナルシスティックな気持ちさえ兆《きざ》して来て、私は薄笑いを浮かべていたかも知れない。公園のベンチに腰を下ろす頃にはいくらか意気が揚がっていて、頭の中で七島に向かって意見を始めた。ヒサちゃんとあれだけ楽しい時間が持てるのならば、ありふれた不如意《ふにょい》な恋程度のことで不幸面《づら》するなよ。孕《はら》まされたわけでもない。病気をうつされたわけでもない。金品を騙《だま》し取られたのでもない。少々心が傷ついただけだろう。何をそこまで恨むことがある？　ヒサちゃんを恵まれたんだからもういいじゃないか。今、寒咲とヒサちゃんとどちらかを選ばなきゃいけないとしたらどっちを取るんだ？　ああ、これは本当に七島に尋ねてみたい。

右の方から「カズ」と呼ばれたような気がして考え事を中断した。これまで私を

「カズ」と呼んだ者は風俗嬢以外にはいないし、だいいちその声はまだ声変わりもしていない少年のものだったから呼ばれたのが私であるわけはなかった。空耳かと訝《いぶか》っていると、もう一度、さっきよりも近い所から呼び声が起こった。今度は「カズヤ」と聞こえた。そちらを向くと、小学校五、六年と見える少年が一人、伏し目の硬い表情で足早に歩き、その三メートルほど後ろを二人の少年が困惑の色を浮かべて追っていた。後ろの一人が「カズヤ、帰るなよ」と気遣った声をかける。別の少年も「何で先行くんだよ」と叫んだが、前を行く少年は何も聞かない、何も見ないと決意しているかのように、振り返りもせず私の前を通り過ぎた。次に後方の二人が近づいて来て会話が耳に届いた。「あいつ、すねてるな」「おれがいるせいかな?」「さあ、違うだろ。あいつガキだから」「明日改めてかまってみるか」「面倒臭いけどな」……と、そのあたりで声は遠ざかった。

友達との気持ちの小さなすれ違いか。だいたいの事情は察しがつく。友人たちの止める声も聞かずすたすた歩いて行った少年は、いいコンビだった親友に新しく仲のいい友達ができて、はみ出したというのでもないがなんとなく居場所がなくなった恰好になり、悲しい気持ちで二人から離れる決心をした。しかし二人、特に元々親密だった友達は彼を邪魔にした憶えもなく、変わらず仲がいいつもりなので、戸惑いつつ引き留めようとしている。そんなところだろう。小学生ならば男子の間でもよくあることだ。微笑《ほほえ》ましくせつないが、見ているだけですぐったくもなり、私は知らぬ間に弛《ゆる》んだ唇から笑い声を漏らしていた。ああいう時、離れて行こうとしている奴は眼を赤くしてたりするんだよな。去られる側はわけがわからなくて、近寄っても拒絶されるから打つ手もなく、見咎《みとが》めた女子に「どうしてこの頃あの子と一緒にいないの？」などと訊かれても「だってあいつが逃げるんだもん」とこぼすばかり。だけど時間がたつとよりを戻して、前以上に仲よくなってたりすることもある。ロマンスさながらだ。おれにはそんな友達ロマンスはなかったけど。

私は今しがた思いついた〈友達ロマンス〉ということばがすこぶる気に入った。七島には学生時代、友達ロマンスがふんだんに、しかもヴァリエーション豊かにあったらしい。聞いた中で萌えたのは小学校高学年の時の逸話で、七島の方では顔も知らなかったよそのクラスの女子が、ある時から当時伸ばして二つに分けて束ねていた七島の髪を引っぱるようになった。いじめという感じではなく悪戯《いたずら》のようではあったが、お下げ髪を引っぱられるのはかなり痛かったので、一度涙を浮かべて本気で怒ったらそれからはやられなくなった。それだけではなく、とても親切にしてくれるようになったので嫌いだったのが好きになり、その女子と行き合うのが楽しみになった、という顚末《てんまつ》。話に出て来る女子がまるで好意を素直に表わせない男子のような行動を取っているので、「男を女に換えて話してないか?」と訊いたが「いや、ほんとに女」とのことで、「いい経験してたんだな、昔は」と嘆息したものだった。私が女に生まれたらしてみたい類の体験である。

せめてさっきのカズヤみたいな出来事があればよかった。私だったら親友に「カズ、帰るなよ」と追って来てもらえたらすごく嬉《うれ》しい。「あいつガキだから」と言われてもいい。むしろ言われたい。早足で前のめりに歩き去ろうとしているところを「待てったら」と首に腕を巻きつけられて「おまえってほんとにガキだな」と優しさを滲ませて苦笑されようものなら、感激のあまり小便を漏らしてしまうかも知れない。後から私と親友の間に入って来た少年は、邪魔にならないように少し離れた所から私たちの遣《や》り取りが終わるのを待っていることだろう。「少なくとも今はあの二人の間には割り込めないな」などと心中呟《つぶや》きながら。何と甘美な光景。陶然とするじゃないか。しかし、現実には私はいつもそういう光景の見物人でしかないのだ。

気がつけば弛んだ口の端から涎《よだれ》が滴《したた》っていた。同時に胸のやわらかい部分に深々と刺さっているものを感じた。驚いて口元をシャツの肩口で拭《ぬぐ》い、苦痛の原因を探るべく、いろいろな事柄を思い浮かべて胸の反応を吟味した。どうやら七島にまつわるひりひりする感情とは別ものだった。戸惑い怪しみながらようやく探り当てたのは、予想外にも「同性の友達がほしい」という熱い願いだった。それとわかった途端に胸がぎしりと軋み、新たな唾液《だえき》が口に溜《た》まって来た。嘘《うそ》だろ、と自分の胸に訊く。〈男の友情〉などということばも概念も大嫌いで全く信用していないが、小学生男子のようにナイーブな慕情や喜びや嫉妬が常にぶくぶくと湧き立つ男同士の交友に私はずっと飢餓感を抱いていたのか。叶《かな》えられなかった願いは深い傷となって心の古層にひそむのか。そして疼《うず》くのか、四十五歳になっても。

こぼれ出す寸前になった唾液を吐き捨てようとしたが口まわりに力が入らず、よろよろと水飲み場に寄って口中をすすいだ。気がすむまで顔に水を浴びてから頭を上げ踵《きびす》を返すと、五、六歳の少女と母親らしい女性と犬が行儀よくじっと立って蛇口があくのを待っていた。その幸福そうで人のよさそうな表情にみじめな思いを掻《か》き立てられた私は、半ば顔をそむけての会釈《えしゃく》をするとそそくさと逃げ去った。

＊

あれほど動揺しても、幸いと言うべきか翌日になると胸の苦痛は鎮まったのだが、忘れられはしなかったし、私の同性の友達への渇望《かつぼう》は七島の交友への関心と融合したようで、盗聴への熱意はいっそう強まった。

七島が家にいる時は私も極力出かけないようにするなど、七島とヒサちゃんの会話を盗み聞きする機会を逃がすまいと努めたが、二人が電話で話す回数は期待するほど多くなかったし、毎回みっちり話し込むわけでもなく、ただ待ち合わせの詳細を決めるだけのこともあった。当然ながら、七島の母親など違う人物と話している場合もあった。ヒサちゃん以外の者との会話を盗み聞くのは自責の念が勝るので、七島が特に弾んだところのない普通の声で喋っていて、あきらかに相手が違うとわかればすぐに聞くのをやめるのだが、ある日盗聴を始めて、七島の「本田さん？元気だよ。髪の毛もまだ充分あるし」という科白《せりふ》が飛び込んで来た時には、母親との会話だろうと察しはしたものの思わず好奇心に駆られて聞き入った。

七島の母親もこのマンションを訪ねて来たことがあって、挨拶《あいさつ》は交わしている。緊張した面持ちで入って来て、文字通りお茶を一杯飲んだだけで帰って行ったが、その短い間にだいぶん表情がほぐれ、後日私宛《あ》てに手ずから漬けた沢庵《たくあん》を送って来た。塩分過多に気を配っている私だが、その沢庵を無駄にすることはなく、茹《ゆ》でて塩抜きしてから他の野菜と交ぜて煮て食べた。七島は「そんなにまでして食べなくても」「ごめんね。母には塩分の多い物はいらないって伝えとくから」とすまなそうに言ったが、七島の母親は忘れっぽいらしく、その後も何度も漬物を送って来る。私は毎回塩抜きをして食べる。七島は「ほんとにごめんね、うっかり者の母で」と謝りながら私と一緒に漬物入りの野菜煮をせっせと口に運ぶ。

七島の母親にわりに気に入られている自覚はあった。例によって私の男臭さのなさ、危険性のなさが母親を安心させたのだ。しかし、その日の電話で七島が「再々言うけど本田さんはそういうのじゃないから」「そりゃいい人だけど」「だから嫌だって」「あり得ない」などと応答した後、いくぶんいらついた調子で「そんなに言うんだったらお母さんが本田さんと結婚したら？」と吐き捨てたのには仰天《ぎょうてん》した。七島の父親と離婚してもう十五年近くになるという、推定六十いくつかの七島の母親の顔を思い浮かべると、まだ勃《た》つんだったらお相手できただろうなと思え、先方が性行為なしの夫婦関係でもかまわないならおれの方は七島の母親と結婚してもいいけれど、七島はおれが父親になっていいのか？　と首をひねりつつも、七島と義理の親子になるのも悪くないと考えていると、「ほら、お母さんだって嫌でしょ」という声が飛び込んで、育ちつつあった新鮮な空想は打ち砕かれた。

　しばらくたって部屋から出て来た七島とリビングで顔を合わせた時、七島が「うちのお母さん、『三年も同居してるんだから、もう本田さんに結婚してもらえば？』なんて言うんだよ。あれほどわたしは誰とも結婚する気はないって話してるのに、いつまでたっても半信半疑なの。その上にね、『男性として好きじゃなくたっていいじゃない』とまで言うの。あんなんじゃ将来女の恋人を連れて行って紹介したとしても、恋人だってことを理解しないかも」と話して来たので、私は「だからってお母さんに、だったらお母さんがおれと結婚すればなんて言うことはないじゃないか」とぽろりと言ってしまった。七島は「どうしてわかるの？」とぽかんとしたが、すぐに思い当たったふうに「想像がつくよね、平凡な親子の会話なんて。陳腐過ぎてとても小説には書けない遣《や》り取りだよね」と無邪気に微笑んだ。私の顔は一瞬引きつったかも知れない。七島の素直な微笑みも心臓に爪《つめ》を立てた。その時はもう盗聴はやめようという考えもよぎったのだ。けれども、やめられなかった。

――そう、明日が同期会。

――イメージ・トレーニングは完璧《かんぺき》。っていうか、妄想が拡がって止まらないって感じ。部屋中に妖気《ようき》が漂ってると思うよ（笑）。

――ひっぱたくのは難しいかもね。「五分だけ話したい」って言った時点でもう企《たくら》みを察知される可能性もあるし。応じてもらえても人通りのある道で、しかも手の届かないような距離を置いて立たれたら無理だよね。やっぱり靴投げつけるしかないか（笑）。

――缶コーヒーは服がしみになるじゃない。ダメージ大き過ぎるでしょ。

――いや、わたしは服が駄目になると替わりを探すのに苦労するから。気に入る服ってなかなかないじゃない。だから服は汚されたくないの。寒咲がどうかは知らないけど、どっちにしてもぶっかけるならミネラル・ウォーターが無難かな。

――輪ゴムもいいね、うまく飛ばせれば。

――まあ「変なからかい方をするな」とびしっと言ってやるのがいちばんだいじなことだから、ひっぱたけなくてもいいんだけどね。

――それはないでしょ。一発や二発の平手打ちで心が揺さぶられるほど、あの手の人間は甘くないよ。だって、半端ヘテロ・プラス・ウツロイドだよ。ヒサちゃんだって、あの人たちの厄介さはよく知ってるでしょ？　逃げる時の勢いと一度閉ざした心の扉の重さはただごとじゃない（笑）。叩《たた》かれてびっくりした顔でも見られれば上出来。

――今ひとたびの情事？　誘うだけ誘ってみようかな（笑）。

――最悪なのは、殴ったら当たり所が悪くて鼻血とか出ちゃって警察に届けられることだよね。寒咲もそこまで大ごとにはしたがらないと思うけど。

――結局ね、あの人が何も言ってくれないから何もわからないんだよね。

――励ましありがとう。どのみち楽しい結果にはならないだろうから、部屋で飲み直す準備は整えとく。武運を祈っててね。

ヒサちゃんとの電話では笑いもすれば昂揚した様子も示すが、その頃の七島はどんよりとした空気に包まれていて、会社から帰ってもあまり自室から出て来ず、リビングにいる私の視界の端を薄黒い靄《もや》が横切った気がして振り向くと、浴室に向かう七島であったりした。前述の遣り取りを盗み聞いて、「武運」か、寒咲と闘ってるのか、一人相撲じゃないのか、と揶揄《やゆ》したくもなったが、大真面目《おおまじめ》に寒咲に制裁の平手打ちを加える計画を練りながら、諦めきれない気持ちを持て余し、ひっぱたくことで寒咲との関係がどんな方向にでもいいから開けないかと心の隅で願っている風情《ふぜい》の七島はあまりにも面白く、私も事の成り行きに大いに関心を抱いた。

翌日は、昼の間に盗聴用携帯電話を回収し充電して取りつけ直した上、もしかすると七島が話し相手として私を必要とするかも知れないと思って、夕刻会った編集者に食事に誘われたのも断わり、リビングでＤＶＤを観《み》ながら待機することに決めると、劇映画よりも途中で止めやすい音楽ＤＶＤを何本か手近に積み、ワインの壜《びん》と素焼きのナッツをさりげなくテーブルに置くなどして、万全の準備を整えて待った。けれども、十一時頃帰宅した七島は、玄関口でもごもご「ただいま」らしきことばを呟いたきり、顔も上げずに自室に直行し十二時になっても出て来なかったので、しかたなく手つかずのワインとつまみをそのままに私も自室に引き上げた。

念のため盗聴用の携帯電話に発信してみたが、七島は電話で誰かと話しているのでもなかった。私は寝つけなかったのだが、成り行きを知り得なかった失望のせいばかりではなく、七島の悲しみが感染したかのように気が滅入《めい》ったのだった。

数日後、七島に「今度の土曜日、部屋に友達を呼んでいい？」と訊《き》かれた時、快哉《かいさい》を叫びたいのを抑えて「いいよ」と即答したのは言うまでもない。直後に確認のため「ヒサちゃんか？」と私が直接聞かされたことのない友達の名を口にしてしまったのは二度目の失敗だったが、気に留める様子もなく頷《うなず》いた七島は、私に友達の名前を告げたことがないのに思い至らなかったと見えた。安堵《あんど》した私は早くも来たるべき土曜日への期待を募らせたが、何気なさを装《よそお》って「おれは自分の部屋に籠《こ》もるから、飯を作るのも風呂《ふろ》に入るのも好きにしろよ。泊めたっていいし」と言うと、七島は「本田さんこそこっちを気にしないで自由にしててよ。わたしたちの話し声がうるさかったら遠慮なく注意してね」と応えた後、「泊めることは全然考えてなかった。どうしようかな」と楽しそうにひとりごちながら自室に戻って行った。

青天の霹靂《へきれき》は金曜の夜に訪れた。早々と会社から帰って来た七島が「二時間かそこら部屋の掃除をしたいんだけど、音を立ててもいい？」と尋ねたので、「いいよ」

と快諾した。ところがしばらくたつと、七島の部屋からは単なる掃除の音とは思えない音がごとごとごとと響いて来た。重さのある物を床に置くような音。さらに床の軋む音。何かを引きずる音。家具の配置換えまでやっている、と悟ると顔から血の気が引くのがわかった。何でだ？　友達を呼ぶのに部屋の模様替えまでするのか？　そんな疑問を抱いている場合ではなかった。雑音で気が散って急ぎの原稿が書けない、やっぱりやめてくれ、とでも頼もうかと考えたが、不自然だし、今夜模様替えを阻止できても明日の午前中か午後の早い時間に繰り延べになるだけなら、私が盗聴用電話を取り返す隙はない。買い物でも頼んで外に行ってもらえればいいが、これまでそんなことを頼んだことはない。仮病を使って看病させ時間を奪うか。仮病で騙せる自信はないから、包丁を落としたふりをして足の甲に突き立てるか。知恵を絞っている間にも時はどんどん過ぎて行った。

結局私は、七島がベッドその他の位置は変えても本棚は動かさないでいてくれるように祈りながら、自室で息をひそめて七島の動きに耳をそばだてているしかなかった。たまに七島の部屋の物音が途絶えてしんとすると、次の瞬間血相を変えた七島が私の部屋に飛び込んで来て「本田さん、これどういうこと？」と盗聴用電話を突きつけるのではないか、と背筋がぞくぞくした。しかし、七島に特に変わった気配はなく、いつものように風呂に入って就寝したようだった。翌日恐る恐るリビングに出て顔を合わせた折りも七島の態度は普段通りだった。私も苦労して動揺を面に出さぬよう努め、七島が最寄駅にヒサちゃんを迎えに出るのを待って七島の部屋に飛び込んだ。ベッドの向きは変わっていたが、本棚は前と同じ場所にあった。私は深い安堵の溜息《ためいき》をついた。

＊

ヒサちゃんは愛嬌《あいきょう》に富む顔立ちで、話し込めば表情に深みの増しそうな雰囲気があった。出迎えから戻って来た七島が私の部屋の扉を叩き、友達を紹介したのだった。七島の肩越しに爽《さわ》やかな笑顔を浮かべるヒサちゃんに、私も自分としては最上級と思える笑顔を返し「どうぞごゆっくり」と心から言って、親密な友人同士のお喋《しゃべ》りに送り出した。

ヒサ　さっきの、本田さんだっけ？　若々しいね。

七島　本人は「おれは苦労が顔に出ないんだ」って言ってるよ。
ヒサ　ゲイに見えなくもないね。
七島　でしょ？　だけど女好きなの。セックスしなくても女と一緒にいるだけで楽しいっていうタイプのね。
ヒサ　一緒にいて楽？
七島　うん。つき合いやすい害のない人。あ、でも最近認識が変わったかな。害がないこともないかも。

自室で携帯電話を握り締めていた私は、ぎくりとした拍子に通話を切るボタンを押してしまった。もしや盗聴がばれているのか、それにしては怒ってもいないようで平淡な口調だ、かりにばれているとしたらヒサちゃんを部屋に呼んだりしないだろう、などと慌ただしく考えをめぐらせながらリダイヤルした。

七島　わたし、これまで本田さんの書いた物、あんまり読んでなかったんだけど、少し読んでみようかと思ってる。

ヒサ　作品から底知れぬ無気味さが感じられたらどうする？
七島　どうしようかなあ。ただ、作品にどんな気持ち悪いものが滲《にじ》み出してたって、本人から日常的に滲み出してなければ問題ないわけだしねえ。
そうだ、いいぞ七島、と私はあいている手の親指を立てた。もっと私に対する批評を聞かせてほしかったが、そのあたりで話は本題に入った。
七島　結論から言えばね、殴れなかった。
ヒサ　ああ。
七島　間違っても怪我《けが》なんかさせないように指輪もして行かなかったのに（笑）。
ヒサ　逃げられたの？
七島　いや。いつものことだけど、会が終わって大酒飲みのメンバー若干名が二次会に行くって宣言して、寒咲もわたしも行くとも行かないとも言わなかったんだけど、何とはなしに流れの後ろの方について歩き出したの。だから「歩きながらでいいから、ちょっとだけ二人で話せる？」って話しかけるのは簡単だった。それで、二人で少し歩くペースを落として。仲がよかった頃はよくそうやってみんなに黙って二人で消えてたんだけど。

ヒサ　そこに入れる？　かつての美しい思い出を（笑）。

七島　つい入れてしまいました（笑）。で、うまいこと自動販売機の前で立ち止まって。ミネラル・ウォーター買うつもりが、どうしてもコーヒー飲みたくてコーヒー買って。二人で缶コーヒーを立ち飲みして。

ヒサ　無言で？

七島　寒咲が「何か懐《なつか》しいね、この感じ」って言ったの。二人で夜の街にいることを言ってるってわかってたけど、わざと取り違えたふりをして「わたしも夜道端で缶コーヒー飲むなんて長い間やってない」って返したの。

ヒサ（笑）寒咲の反応は？

七島　何にも言わなかった。表情は見てない。その時点でわたし、寒咲の顔をまともに見られなかったから。それから二人とも口をきかないで缶コーヒー飲んで空缶をゴミ箱に捨てて、わたしは自動販売機に目を向けてミネラル・ウォーターのボタン押してから「あのさ」って切り出して。間の取り方が芝居がかってるかなと思いながら、出て来たエビアンを取り出してから一気に言ったの、「わたしはあなたと特別な関係になれないならあなたの玩具《おもちゃ》になる気はないから、性的なニュアンスを絡《から》めた変なからかい方をするのはやめて」って。
ヒサ　びしっと言ったね。
七島「今度やったらひっぱたくよ」っていうのも言った。寒咲はけっこう神妙に「わかった」って。そこでいったんエビアンのキャップを捻《ひね》って一口飲んで。無駄かも知れないけどこれも一応言っとくかって思って、「それか今晩うちに来る？」って訊いたの。そしたら「やだ」って。
ヒサ　にべもなく？
七島　にべもないし、どことなく馴《な》れ馴《な》れしい（笑）。「ごめん」、いや「ごめん」はなしで「それはできない」って真面目に応《こた》えてほしかった。「やだ」って何なの？
ヒサ　優位に立ってるから「やだ」って言えるんだね。
七島　あ、そうか。そうだよね。それでムカつくんだ。でも、ムカつきながらもわたしはもう一押ししてみたの。「どうして？　いいじゃない」って。もちろん答は「やだ」なんだけど、「やだ」に加えて「からかうのやめる方がいい」って言ったのね。それでわたしはほんとうに頭に来たの。

ヒサ　うーん。

七島　向こうにすれば単に補足説明しただけかも知れないし、頭に来るわたしの方が理不尽なのかも知れないけど、「その程度の軽い気持ちで人をからかうな、それも関係をきちんと清算も立て直しもできていない相手を」「やっぱりそれはあまりにもバカにし過ぎてない？」っていう思いでたぎっちゃって、わたしはジャケットのポケットから水羊羹《みずようかん》を取り出して……。

ヒサ　水羊羹？

七島　同期会をやった店でお皿の上に残ってたのを、ナフキンにくるんで持ってきてたの。もちろん食べるためじゃなくて、こういう場面のために。そして投げつけた。顔は見られないし、的が大きい方が当たりやすいから、腹に。

ヒサ　腹に（笑）。

七島　わたし、そんなに力はないから大した衝撃はなかったはずなんだけど、寒咲は「痛い」って言ってた。へえ、痛いんだ、ウツロイドのくせに血の通った人間みたいだな、って思いながら、次にエビアンをかけたの。水羊羹のぶつかったあたりめがけて。洗い流すみたいに。

ヒサ　二段攻撃だね。

七島　で、公衆道徳に反してて反省してるんだけど、エビアンのペットボトル、ゴミ箱にいれないで地面に叩きつけて帰った。終わり。

ヒサ　……お疲れ。

七島　うん。

ヒサ　まさか水羊羹が飛び道具になるとは思わなかった。寒咲もびっくりしただろうね。

七島　殴れない距離でもなかったんだよね。一歩踏み出せば手は届いてた。

ヒサ　水羊羹と水の方が可愛げがあるよ。

七島　そうかな。まあ、殴ってたとしても気は晴れなかっただろうからね。あの辺で留めておいてよかったかも知れない、深刻な遺恨が生まれなくて。あ、でも、エビアン、寒咲の股間《こかん》にかかったんじゃないかな。黒いパンツだったからよく見えなかったけど、下着にまで滲《し》みたかも。

ヒサ　（笑）寒咲はよけなかったの？
七島　……あんまり憶《おぼ》えてないけど、ぼうっと突っ立ってたような気がする。
ヒサ　驚いて棒立ちになってたのか、あえてここは攻撃を受けておこうと思ったのか。攻撃っていうか、美野ちゃんの怒りを。
七島　後の方、寒咲がかっこよ過ぎじゃない？
ヒサ　いや、一回少々の痛さと冷たさを我慢して事が収まるなら楽なものって計算したのかも知れないし。
七島　ああ、それなら納得。あの人らしい（笑）。
ヒサ　いずれにしても充分なことができたんじゃない？
七島　そうね。……わたし、これからの人生、水羊羹にたたられそうな気がする。
　水羊羹踏んで滑って転んだり、水羊羹食べてる時に地震が起きて水羊羹だけ持って外に飛び出したり。水羊羹、好きなのに。
ヒサ　寒咲も水羊羹見るたびに投げつけられたこと、思い出すだろうね。
七島　……ねえ、一つ訊いていい？
ヒサ　何？

七島　わたしってみじめ？
ヒサ（大笑）血が熱くていいと思うよ。

私もヒサちゃんと同時に吹き出した。事の成り行きへの好奇心も満たせたし、期待に違《たが》わぬ七島のあがきぶりに笑いが止まらない気分だったが、他方、理解はできないものの七島の感情の深さに、快く満ちた胸が重く引きつる感じもした。その引きつりも不快ではないのだった。いいぞ七島、もっとあがけ、もがけ、みじめになれ、そしておれにおまえの熱くて濁った濃い感情を分けてくれ。私がそんなことばを声に出さず唱えていると、不意に七島が私の名前を発音した。

七島　本田さんだったらきっと「うん、みじめだね」って言うよ。で、ぼそっと「そんなにみじめになれるのが羨《うらや》ましい」ってつけ足すと思う。

その通り、と照れ臭い心持ちで認め、七島が私を思い出してくれた嬉しさがじわりと広がったのだが、次の七島の科白に私の身はすくんだ。

七島　ねえ、そうでしょ？　本田さん。

ヒサちゃんが笑いを含んだ声で「もっと大声で叫ばないとあっちの部屋には聞こえないでしょ」と言い、七島も笑って、なごやかな雰囲気が変わることはなかったが、私は手が震え出して携帯電話を持っていられず机に置いた。七島は普段から会話中にその場にいない人物に向かって話しかける真似《まね》をして遊ぶことがある。今私に呼びかけたのもいつもの遊びなのか、それとも……。通話を切るボタンを押していなかったので、机の上の携帯電話からは七島とヒサちゃんの話し声が小さく流れ出していた。再び電話を耳に当てる勇気は起きなかった。

＊

女がつき合っている男に愛想を尽かすと、つき合っている間の寛大さや甘えはいっさい消え失《う》せ、心をぴったりと閉ざし、それまで見せたことのない冷淡な表情で男のあらゆる弁明や懇願をはねつけ、異様に研《と》ぎ澄まされたことば遣いで男も男との来歴も一片の感傷もなしに否定する、と何人かの男の知人から聞いた憶えがある。いや、七島と私はつき合っていたわけではないのだから、ここで思い出すべきなのは実際に目撃したことのある女同士の友情の終焉《しゅうえん》のありさまか。親しい友人同士だったはずなのにひとたび仲たがいすると以後一顧《いっこ》だにしないばかりか、他の友人との会話でもその元友人の名はいっさい口にしなくなり、誰かにその元友人について聞かれれば「この頃はどうしてるか知らない」と不気味なほど無感情に応《こた》える、自分の人生に確かに存在していた者を抹消するあの酷薄さだ。

ヒサちゃんが夜十一時頃帰って行ったのは物音でわかった。七島も送りに出たようだった。腰に力が入らなかったが、盗聴がばれているにせよいないにせよ仕込んだ携帯電話を回収したくて、私は何とか自分を奮《ふる》い立たせて七島の部屋に入った。部屋はいつもと違う匂《にお》いがした。テーブルの上のワイン・グラスや紙皿にこびりついたチーズのかけらのたてる匂いばかりではなく、あきらかに馴染《なじ》みのない人間の匂いと感じられたが、親しい人間が顔をつき合わせると分泌《ぶんぴつ》される何らかの物質の放つ匂いのように思えてならなかった。が、嫉妬《しっと》している暇はなく、床のクッションをそっと跨《また》いで本棚の裏を覗《のぞ》き込んだ。携帯電話はなかった。顳顬《こめかみ》がきいんと冷え、もしや落ちてはいないかと下方に眼を遣り、次いで本棚の表側、整理箪笥《だんす》の上、ベッドのヘッドボードを見渡したが、無造作にそこいらに置かれているわけがなかった。

やはり七島は模様替えに取りかかった晩に、携帯電話を見つけていたのだ。しかけたのが私だということは火を見るよりもあきらかだし、仕込まれた携帯電話の使いみちもインターネットで調べれば簡単にわかる。私が何を盗聴しようとしていたのか推察するのは難しいかも知れないが、七島の部屋で盗聴できるものは日常の生活音と電話で誰かと話す声だけだし、携帯電話の着信履歴には着信があった日時も記録されるから、会話を盗み聞いていたのは明白である。動機を理解することはできないだろうけれども。発見するなりすぐに私を責めに来ず、あえてヒサちゃんとの会話を聞かせ、その後私の裏をかくように携帯電話を取り去った理由は何か。最も効果的に私を制裁するためとしか考えられない。自分のやったことを棚に上げて言えば、実に陰惨なやり口である。しかし、私はそのように陰惨な企みをする女が好きなのだった。

おそらく七島の思惑《おもわく》通り制裁は効果を挙げ、私はひどく消耗して自室に入るとべッドに倒れ込んだが、七島と顔を合わせたら何と言おうと頭を悩ませる一方、七島のやったことにわくわくするほどの賛嘆を覚えてもいた。正直七島がここまでのことをするとは思っていなかったから、好ましい一面を新たに見出《みいだ》せて心はずみ、いっそう愛着が強くなったくらいだった。つまるところ七島は、寒咲のような人物にいいように弄《もてあそ》ばれることはあっても、みっともなくあがいてたがのはずれた行動に出ることがあっても、強靭《きょうじん》で誇り高い心の持主なのだ。そして、馴れ親しんでいるがゆえに時にはずけずけとものを言ったりもするが、私には出会った時からずっと優しく接してくれて、私は年下の七島に庇《ひ》護《ご》されている心持ちでいられた。そんな七島を愚かな行動のせいで失おうとしているのだが。

午前零時を回った頃、机の上の携帯電話が鳴った。表示されたのは盗聴用の携帯電話の番号だった。呼吸を整えて通話を開始するボタンを押した。私が声を出すよりも早く七島が尋ねた。

「本田さんだよね？」

「……うん。」

「家にいる？」

「うん。」

「とりあえず、今から帰るから。帰りたくないけど。」

携帯電話を見つけてからここまで怒りを露ほども表わさずじっと溜めていた七島は、リビング・ルームで一人用のソファーに腰を下ろした後も、ことさらに尖《とが》った口調になることはなかった。ただ、苦い顔をして私をろくに見ようとしなかった。もう永久に私に親しげな笑顔を見せることはないかも知れない、と思うと膝《ひざ》がかくんと震えたので、気づかれないよう足を組んで押さえた。七島はテーブルに私の仕込んだ携帯電話を置いた。

「本田さんがこんなに気持ちの悪い人だとは思わなかった。」

「われながら気持ち悪いと思うよ。」

「わたしの感じてる気持ち悪さとは比べものにならないでしょ?」

「存分に罵《ののし》ってくれ。」

「そんな面倒臭いことしない。何で盗み聞きなんてしたの? 何が知りたかったの?」

私は恥じ入りながら「友達同士の睦《むつ》まじい遣り取りを」と告白せざるを得なかっ

た。これまで書いて来たような細かい説明も適宜つけ加えながら。七島の反応は案に違わぬものだった。

「信じられない。それが四十五歳の男の動機？」

「年のことを言うなよ。うわべを大人らしく取り繕っていても、人間の根本的な感情は十歳の子供も六十歳七十歳の人間も大して変わりやしないみたいだって、きみだって国会中継やらトーク番組やらを観《み》ながら言ってたじゃないか。年齢を重ねるにつれて人間がこなれて行くなんて嘘だ、まわりを見渡しても寛大な人はごく若い頃から寛大だったし、昔甘ったれてた人間は年を取っても気を弛めるとすぐに甘えが覗くし、嘘つきは子供の頃から嘘つきだって。政治やコミュニケーションや感情コントロールのスキルは経験を重ねることで上がっても、感情そのものは発達したり成熟したりするもんじゃないとおれも思う。」

「それにしても珍しくない？　わたしの秘密をつかみたかったとか、どんなことでも知っておきたかったっていう方が、まだしも納得できる。」

「珍しいさ。おれは同性の友達ができない珍しい男だからな。これまで折に触れて話した通りだよ。そんなおれが同性の友達同士の睦まじさに興味を抱くのが変か？

金とか権力とかセックスが興味の中心だったら年相応なのか？　おれだけが幼稚だって決めつけられるのか？　幼稚さの顕《あら》われ方が人それぞれ違うだけだろ？」

「それはわかるよ。どんなに落ちついていて洗練された大人でも、子供の頃の悲しかったことや悔しかったことを思い出したり夢に見たりして泣くことがあるだろうし。普段は忘れてても人の心の中には子供のままの感情が眠ってるんだと思う。」

「おれだってついこの間まで忘れてたんだ。きみに友達ができたのがきっかけでいろいろ呼び覚まされたってわけさ。畜生、何十年も男同士のつき合いになんて興味ないと思って生きてたのに。」

七島はふっと力の抜けた眼で私を見た。その顔には憐《あわ》れみが滲んでいたが、先ほどまでの冷たさに比べれば優しげとさえ言えるもので、私はかすかに安らいだ。が、すぐに七島は苦い表情に戻った。

「とにかくね、こんなことがあった以上、もう本田さんとは暮らせない。近いうちに出て行くから。」

「うん。誰でもそうするよな。今まで一緒にいてくれてありがとう。そして、ごめん。」

立ち上がって行ってしまうかと思ったが七島はすわったままなので、私はことばを繋《つな》いだ。

「心から後悔してるよ。きみはおれの数少ない友達だったのに。セックスしなくてもいちばん近づけた相手だし、共有した時間もいちばん長い。おれの勝手な希望だけど、このままずっと一緒にいられたらともひそかに願ってた。」

「あんまり大袈裟《おおげさ》なことは言わない方がいいよ。本田さんだって性的にも人間的にも好きな人ができたらわたしとは暮らさないでしょ？　わたしなんて本田さんにとって、本来そばにいるべき誰かの穴を埋める補欠要員でしかないでしょ？」

「そういうことじゃない。きみはまだ若くてロマンティストだから、性的にも人間的にも好きでたまらない相手を伴侶《はんりょ》にするのが正しい選択で至上の幸福だと思ってるんだろ。でも、みんながみんなそうじゃないからな。おれは性的魅力に富んだ女を妄想することはあるけど、『本来そばにいるべき誰か』なんて理想を思い描いたことはないよ。身近の親しい人をいちいち理想の誰かを基準にして測るような無意味なこともしない。おれにとって意味があるのは、きみと知り合って仲よくなって楽しい時間を持てたっていう事実で、その結果こんな時間をこれからも続けたいっていう気持ちが芽ばえた。それだけだ。」

「まさかとは思うけど、今のは何かの申し込みじゃないよね？」

「何かって結婚とかか？　もちろん違うよ。書類上だけだとしても、きみと夫婦になるなんて……」

私が堪《こら》えきれず笑いを漏らすと、七島も面白くもなさげに笑った。

「きみとならむしろ養子縁組の方がしっくり来るな。そうしたらおれが死んだ後このマンションも相続できるし。」

七島は私を見据えた。

「ねえ。何でわたしなんかのことをそこまで考えるの？　恋愛感情も性欲もないでしょ？」

「恋愛感情はない、だいいちおれは恋愛感情というものがわからないって、これまでにも何度か言ったよな？　それは絶対間違いない。ただ性欲に関しては、きみには感じないってずっと言って来たけど、厳密に言えば、狭い意味での性欲は感じないってことだ。何と言ってもきみは女だからね。かっこよくもないただの男のそばにいるよりはずっと気持ちがいい。セックスもキスもしなくても、っていうか、したくならないけど、女が同じ空間にいるだけで体が喜ぶんだよな。皮膚が生き生きする感じなんだけど、わかるかな。」

「わかる。わたしも性的魅力は感じなくても顔が可愛《かわい》い女の子に対しては、同じようになるから。犬猫を見るような感覚だね。」

「おれの場合、犬猫ほど近しくは感じないな。小鳥とか、もしかしたらペットになる爬虫類《はちゅうるい》くらいの距離感か。」

「爬虫類？」七島は声に不満を表わした。

「すごくきれいなのいるぜ。ブルーゲッコーとかさ。トルコ石みたいな真っ青なヤモリ。」

七島は携帯電話を持つとインターネット検索らしきことを始めた。ややあって「あ、これね」と言って携帯電話の画面をこちらに向け、赤い花の上を這《は》う青いヤモリの画像を示す。「かっこいい」と見入る七島に「手元に置きたくなるだろう？」と返す。私たちはいつの間にか普段と変わらない調子で会話していたが、それが嵐のさなかの束《つか》の間《ま》の晴れ間だということは重々《じゅうじゅう》承知していた。七島は携帯電話を閉じた。

「でもわたし、こんなきれいな生きものじゃないし。」

「これも大袈裟に聞こえるかも知れないけど、おれにとってきみはそのヤモリ以上に貴重な種なんだ。何としても取っておきたい奇貨って言えばいいかな。」

「キカ？」

「奇貨居《お》くべしって言うじゃないか。珍しい品物や人材のことだよ。」

「珍しいのは本田さんの方でしょ。」

「おれの珍しさにはあんまり価値がないけど、きみにはある。何しろきみは男社会からはみ出した男の味方をして一緒にいてくれる女だからな。それも母親だとか姉みたいに上から叱咤《しった》激励したり包み込もうとしたりするんじゃなくて、妹が兄貴にするみたいにそっと肩を並べてくれたり、ささやかな何かを手渡してくれるようなやり方で。初めて会社の飲み会で会った時からそんなふうだったよな。芯《しん》の強い妹みたいなきみにいつも力づけてもらってたよ。女房なんかいらないけれど、きみにはそばにいてほしかった。」

七島は疑わしげな表情を解かなかった。

「そんなにわたしをよく思ってくれてるんだったら、あんなことしないでいてくれればよかったのに。あんな意味のわからないこと。わたしだって本田さんを嫌いになりたくなかったんだよ。この残念な気持ちわかる？」

「全く面目ない。」私は再度頭を下げた。「人は時々理性がきかなくなるんだな。長い間感情の起伏のない平板な生活を送ってたところに、不意に強烈な嫉妬の情が湧《わ》き立って頭が過熱したみたいだ。それも何重もの嫉妬だからな。きみに友達ができた幸運も、きみの友達萌《も》えの対象のヒサちゃんも、親密な様子そのものも、妬《ねた》ましくてたまらなかったよ。自分の器の小ささはわかってる。でも、こんな本格的な嫉妬心を抱くのも人生で初めてのことなんだ。」

七島は短い沈黙の後、疲れた声で言った。

「女友達の女友達に嫉妬する男は『アルプスの少女ハイジ』のペーターだけかと思ってた。」

「ペーターってあれか。ハイジの新しい友達のクララにやきもち妬《や》いて、丘の斜面でクララの乗った車椅子《くるまいす》を突き飛ばしたんだっけ？」

「そこまでひどくない。クララの車椅子を壊すだけ。それでも充分悪いけど。」

「だけど、結果的にクララは車椅子に頼らないで歩けるようになる。恵まれた役回りだな。で、ハイジとクララに自分が車椅子を壊したって告白するんだっけ、奴《やつ》は？」

「さあ、そこまで憶えてない。」七島は俯《うつむ》けていた眼を私に戻した。「一度わたしの部屋でヒサちゃんと三人で飲む？　わたしが引っ越す前に。」

驚きとも喜びともつかない胸の痛みに見舞われた私の顔は、きょとんとした間抜け面《づら》だったに違いない。

「招待してあげるから、盗み聞きじゃなくてじかに見聞きして会話にも参加したらいいよ。それで本田さんの気がすむかどうかはわからないけど。」

淡々とした口調で言って七島は立ち上がり、テーブルの上の私の盗聴用携帯電話を取り上げると、開いて逆方向に折り曲げた。鈍い響きとともに二つに分かれた携帯電話を静かにテーブルに戻し、七島はリビング・ルームを出て行った。

＊

リビング・ルームでの同居解消宣言の後、一箇月以上経過しても七島からはいつ引っ越すという具体的なことばは聞かれず、実務面では案外行動力のない七島のこと、もしかするとこのままずるずるとうちに居続けるのではあるまいかと甘い期待も兆《きざ》したが、七月も半ばに入ってようやく、移転先の部屋が見つかったと告げられ同時にヒサちゃんを招く日取りも打診された。そして七月の末の日、インターネットのニュースでフィリップ・ウォーカーの死を知った私が、このブルース・シンガーのCDかLPレコードを持っていなかったかとリビング・ルームのラックを引っかき回して探していたところへ、七島がヒサちゃんを伴って入って来た。私が何をしていたか話すとヒサちゃんは言った。

「わたしは二月にデザイナーのアレキサンダー・マックイーンが死んだのがショックでした。」

　ヒサちゃんは前に会った時よりもいっそう生き生きとし健康的に見えたが、どうやら発汗量の多い季節ゆえに肌がみずみずしくつややかになっているようだった。そう思って見れば、隣にいる七島の肌も示し合わせでもしたかの如《ごと》く夏らしくぴかぴかに輝いていて、この二人は一緒にいることの気持ちよさのせいで細胞がなまめかしく活性化しているのではないか、と早くも私は妬みがましい心境に傾いた。床に膝をついていた私を見下ろして七島が「本田さん、汗かいてる」と言ったので腕で額をこすると、ヒサちゃんが私に向かって涼しげな笑顔を浮かべた。性的対象としては全く惹《ひ》かれないが、しかし、嫌われて笑顔をもらえなくなるのは少し惜しいと思わせる魅力があった。ヒサちゃんを先に部屋に通しアイス・コーヒーを作り始めた七島に、「おれが盗聴してたことあの人に話した？」と尋ねると「今のところ言ってない。情けなさ過ぎて言えない」という答が返った。

座に加わる前に顔を洗い、加齢臭の発生源と言われる耳の後ろとうなじにも石鹼《せっけん》をつけてこすったが、体の汗も気になって結局シャワーを浴び、Tシャツとチノ・パンツを身につけて七島の部屋に入ると、もうすっかり話に花が咲いたらしい活気のある空気ができ上がっていた。「本田さんのコーヒー、氷融《と》けちゃったよ」と言った七島が久しく私には見せなかった和んだ表情を浮かべていたのは嬉《うれ》しくもあり、それがヒサちゃんといる効果だと思えば寂しくもあったが、二人がまず私を気遣って、自分たちが仲よくなったのは、二人ともことばの好みが似通っていて、「レズビアン」ということばを前部分であろうが後ろ部分であろうが決して省略せず、必ず「レズビアン」と言うことに気がついた時からだった、と二人の〈なれそめ〉から会話を始めてくれると、感謝で涙ぐみそうになった。じきに私は女友達と一緒にいる時特有の心地よさを感じ始め、そういう時にありがちな、女たちが盛り上がり私には口を挟む隙《すき》がない状態さえも、懐しく心地いいものとして受け止めた。

「先週寒咲に会ったの。会社で、偶然。」

「水羊羹以来初めて？」

「うん。何もなかったみたいにしてた。普通に笑顔なんか浮かべてた。で、平気でわたしと他の人の雑談に割り込んで来た。わたしの方は完全に無視してたんだけどね。」

「さすがだね、寒咲。」

「さすがだよ。わたしだったら素知らぬ顔はできても、わざわざ話に割り込むなんてこと、とてもできない。寒咲ってやっぱりわたしを甘く見てるのか、そうでなきゃ、何事もなかったふりをしてれば何事もなかったことにできると思ってるのかって考えたんだけど、ほんとに不快な出来事や煩《わずら》わしい感情を切り捨てて心から消してしまえるのかも知れない。」

「ウツロイドの面目躍如《めんぼくやくじょ》ってところね。」

「でも、わたしにわからないのは、ウツロイドの心からは消せてもかかわった人の記憶は消せないのに、っていうか、あったことはなかったことにできないのに、どうして自分をごまかすだけで平然としていられるのかってことなの。そんなことしたって他人が存在する限り無駄なのは眼に見えてるじゃない。」

「これまではそれで通用してたんじゃないの？　世渡りうまい人なんでしょ？　遺恨を生むような大きなトラブルもなくずっとやって来たんだよ。恋愛絡みのトラブルは多少あったかも知れないけど、男が相手なら、ストーカーみたいなのを除けばあんまりしつこくされずに引き下がってもらえるし。」

「寒咲にしたらわたしとのことは地雷を踏んだようなもんだね。そう考えたら気の毒だけど。」

「一瞬は地雷だったたって悔やんだとしても、すぐに脳内から消去してるでしょ。」

「あ、そうか。ますます憎たらしい。」

「逆に言えば、そういう人はこちらが少々の意地悪とか仕返しをしても、なかったことにして恨まないでいてくれるから気楽かも。」

「そうだね。なら、ひっぱたいときゃよかった。」

そこでようやく私は口を開いた。

「いいなあ。女同士だと対等にひっぱたき合えて。おんなじ状況でも男が女を叩《たた》いたら醜いもんな。」

「また羨ましがっちゃって。」七島が笑った。「実際には叩いてないってこと、忘れないでね。」

「わたし、男友達にわがままな彼女をひっぱたけって勧めたことがある。」

七島と私は驚いてヒサちゃんに顔を向けた。

「男友達の悩みを聞いてたら、その彼女が男友達に遠慮なしにお金は使わせるわ、浮気はするわで、ほんとにひどいと思ったから、つい『殴れば？』って言ったの。そこまでする彼女なら、話し合うより平手打ち一発の方が彼の気持ちが伝わると思って。そしたら彼は『殴ったらやりきれない気持ちになるから殴らない』って。前にも似たような子とつき合って思わず叩いちゃった経験があるんだって。それを聞いて、ああ、わたしあさはかなことを言っちゃったな、と後悔したんだけど、次に彼に会ったら殴ってたの。」

七島と私は吹き出し、座は陽気な雰囲気に転じた。

「ああ、それはヒサちゃんのせいだね。」

「そのかしたな。」

「ひどいと言うか、悪いね。」

囃《はや》したてる私たちにヒサちゃんは淡々と応える。

「殴ったら大喧嘩《おおげんか》になって、怒り狂った彼女が彼の部屋に醤油《しょうゆ》をぶちまけたりして大暴れしたんだって。」

「醤油はだめだ。臭《にお》いがしみつく。」

「せめてクッション一個分くらいはヒサちゃんが弁償しないと。」

「でも、それをきっかけに性悪女と別れることができたそうだからよかったんだよ。」

騒ぎが静まった頃合いに、ヒサちゃんはぽつりと呟《つぶや》いた。

「わたしの友達は男も女もろくでもない女に引っかかってる。」

「そこにわたしも入ってるの？」七島が尋ねる。

「ど真ん中に入ってる。」

七島は苦笑しつつ、やんわりと抗弁を試みる。

「ねえ、いくら何でもそんな図に乗った商売女まがいの子と寒咲は一緒にできないでしょ?」

ヒサちゃんは「まあ、そうだけど」と曖昧《あいまい》な感じで頷《うなず》いたが、私には言いたいことを呑《の》み込んでおく理由がなかった。

「いや、寒咲は商売女そっくりの手口を使ってるよ。思わせぶりなことを言って気を惹いて、きみが手中に落ちたら邪魔にならないように突き放して、だけど好かれていたいから完全には拒絶しないで、自分にとって気楽な距離を保ちつつ楽しく戯《たわむ》れていようとする。きみが寒咲との関係をはっきりさせたくて書いたメールに、奴は肝心なことにはちっとも答えない中味のないメールを返しただろ。キャバクラ嬢のやり口そのものだぜ。彼女たちはそうやってはぐらかして客を繋いでおこうとするんだよ。まあ、商売女は金が目的で、寒咲は自己愛を増強するのが目的っていう違いはあるけど。」

不服そうな顔をした七島よりも早く、ヒサちゃんが声を発した。

「本田さんに賛成。寒咲は美野《みや》ちゃんに好かれていたいんだよ。自分の方は好きじゃない相手にでも好かれていたい、近くに侍《はべ》らせておきたいっていう自己愛女って、男好きの女によくいるじゃない。寒咲もその類《たぐい》でしょ。でも、一回セックスして一応のけりをつけてくれたんだから良心的な方だと思うよ。焦《じ》らすだけ焦らして『え？　セックス？　そんなつもり全然なかった』って白ばっくれる女も多いんだし。むこうはむこうで『同性にも愛されるわたし、同性ともセックスしたことあるわたし、素敵』って、ナルシシズムに浸ってるかも知れないけどね。」

七島は反論を諦《あきら》めた様子で苦笑した。私は浮き浮きとヒサちゃんに話しかけた。

「きみ、いいね。気に入ったよ。」

「光栄です。」

ヒサちゃんと私が笑っていると、七島が哀愁を帯びた声音で言い出した。

「自己愛を増強したいのは自己愛が不足してるからでしょ？」

「あ、同情してる。」すかさずヒサちゃんが指摘した。「まだ好きなんだ。」

「好きじゃないよ。理屈を言っただけ。」七島はやや語気を強める。「自己愛充分なわたしは、寒咲より自分の方が好きだし。」

「人への感情と自分への感情を比べるなんて無茶をするところがもう、寒咲への気持ちを否定しようとがんばってるようにしか見えない。」

とっさに言い返せず無言で口惜《くや》しがっている七島のさまがおかしくて、私はまたヒサちゃんを讃《たた》えた。

「ヒサちゃん、ほんとにいいな。七島が引っ越したらここに住んでほしいくらいだ。」

「それはちょっと難しいですね。」

ヒサちゃんと私の遣《や》り取りを聞き流し、七島はぼそっと呟いた。

「性的な間柄じゃなくても、いい関係になれると思ってたのに。どこで間違ったんだろう。」

ヒサちゃんはものやわらかな表情を七島に向けた。

「しょうがないよ。わたしたちが思うような愛情や友情が成立しない人もたくさんいるんだよ。」

「……そうね。」七島はおとなしく頷いた。

窓から見える空が朱に染まる頃、ワインの栓が抜かれテーブルの上には鶏の軟骨やミミガーの他、みずみずしいアスパラガスやインゲン、ピーマン、セロリ、ブロッコリーなどの野菜が並べられた。七島が野菜につけるソース、バーニャ・カウダをレンジで温めて運んで来て、飲み食いが始まった。アンチョビの入っているバーニャ・カウダは塩分が高いので私はたくさん口にするわけには行かないが、七島とヒサちゃんは軟骨にまでバーニャ・カウダをまぶした。私は何もつけないインゲンを齧《かじ》った。歯応えを残して茹《ゆ》でられたインゲンからは青臭さとともに甘みが迸《ほとばし》り出た。そういえばインゲンは今が旬《しゅん》か、と思いながらぬるい蕎麦茶《そばちゃ》を含むと胸に幸福感に似た温《ぬく》もりが拡《ひろ》がった。ニンジンに手を出さない私にヒサちゃんが尋ねた。

「本田さんはニンジン嫌いなんですか？」

ちょうどブロッコリーを頬張ったところで喋《しゃべ》れない私に代わって七島が説明する。

「ニンジンはGI値が高いから本田さんは食べないの。」

納得の意を示した後、ヒサちゃんは嘆じた。

「三年も一緒に暮らすだけあって、とっても仲よさそうだね。」

七島も私もすぐには応答できなかったが、不自然な間があく寸前に七島が言った。

「もう離れるんだけどね。」

野菜があらかたなくなると私がラム肉を焼いた。ニンニクとバルサミコ酢を効かせたラム・ステーキの出来は悪くなかったと思う。しかし、ワインの杯を重ねた七島とヒサちゃんはちゃんと味わってくれたかどうか。実を言うと私も食べ物はどうでもよくなっていた。アルコールは一滴も飲まずとも、女たちと一緒にいることに酔い昂揚《こうよう》していたからだ。

七島とヒサちゃんはこれまで自分たちが引っかかって来た数々の〈半端《はんぱ》へテロ〉たちにまつわる愚痴をこぼしていた。うかつに人にレズビアンだと知られて困るのは、一部の人に気持ち悪がられたり憎まれたりすることや、こちらが性的魅力を全く覚えないただの友達が過剰に警戒して部屋に入れてくれなくなったり二人だけでは旅行に行ってくれなくなったりすることだけではない、〈半端へテロ〉がなぜか自分も好かれて楽しませてもらえるものと思い込んでべたべたして来ることだ、どうでもいい女なら無視しておけばいいけれども、外見中味ともに魅力のある女だったり、こちらの弱い部分をうまくくすぐって来る女だとほんとうに困る、どうせ適当に遊ばれて終わりだとわかっていても引っかかってしまう――。

つい意見してしまったのはすっかり気が緩んでいたせいだ。

「だけど、きみたちも少し被害者意識が強くないか？」

「何だと？」七島が言った。

「何だと？」ヒサちゃんも言った。

「すまん。忘れてくれ。」私は簡単に引き下がった。

いつしか私は上機嫌で埒《らち》もない話を主にヒサちゃんに向かって語り出していた。

「おれはもうめったにエロティックな空想なんかしないんだけど、たまに好みのシチュエーションが頭の中で映画みたいに上映されることがあるんだ。すごく無理のある設定で馬鹿馬鹿《ばかばか》しいんだけどさ。飛行機の中に一組の男女がすわってる。男は女にぞっこん惚《ほ》れてるけど、女の方はいっときは男とつき合ったものの今ではこの男を絶対に愛さないと決めている。」

「どうしてそう決めてるんですか？」ヒサちゃんが尋ねる。

「そうだな。男の純真さの中に何か女の自尊心を傷つけるところがあるんだと思ってくれるかな。そんな二人が行きがかり上一緒に乗った飛行機がハイジャックに遭うんだ。着陸した先でお決まりの外部との交渉があって、一部乗客を飛行機から降ろし解放することになる。まずはモラルに従って子連れ客を降ろし、他にも何人か適当に選んで解放するんだけど、なぜか男も眼に留まるんだ。ご都合主義でごめんよ。男の顔があまりに情けなかったからだってことにでもしといてくれ。」

「男が犯人グループの暴力の標的にされる方がまだリアリティあるよね。」七島が口を挟む。

「男は戸惑いながらも立ち上がるんだけど、ハイジャック犯の顔色を窺《うかが》いながら隣の女の腕を取り一緒に降りようとする。犯人たちも黙認する雰囲気なんだ。ところが、女は男の手を振り払って言う、『あなたに助けてもらうくらいなら死んだ方がましよ』と。この女はどうにもならないと悟った男は、胸の張り裂ける思いで初めて女の横っ面を思いきり平手打ちし、泣きながら一人で飛行機を降りる。」

「本田さん、そういう妄想も小説に書くの？」七島が心配そうに尋ねた。「書かない方がいいんじゃない？」

「書くよ。いいんだよ、おれはこういうアホで。」

「わたし、けっこう好きですよ、その話。」ヒサちゃんが真顔で言う。「そういう誇り高い女も好きだし。現実に存在するとは思えないけど。」

「おれ、死ぬ寸前にもこの場面が瞼《まぶた》をよぎればいいと思うね。」

七島とヒサちゃんは呆《あき》れた顔で、しかし決してバカにしてはいない温かい眼で私を見遣った。これまでの人生で何人もの女友達が私に向けた表情だ。そのこちらの愚かさを赦《ゆる》す表情に、どれだけ私は安心し人生や人間関係について肯定的になれたことか。そう思い返した後は覚めていながらまどろんでいるような心持ちになり、やがては横たわって積極的に会話に加わることもせず、二人の仲のいい女たちの幸福そうな交わりを肘枕《ひじまくら》で眺めた。大学時代に見物した女同士の性行為以上に、眼の前の二人の女の親密さが私をうっとりさせた。しかし、七島とヒサちゃんの睦まじい交わりを見るのはこれが最初で最後かも知れない、それどころか、七島は引っ越して行った後はもう私と会おうとはしないかも知れない、という思いが、抑え込もうとしても時折立ち上って来て気持ちを乱す。

一人に戻ったら禁酒を解いて馴染みの店でもつくるか。それか、また風俗通いでも始めるか。勃《た》つかどうかわからないけれど、今なら充分にやる気を起こせば行けるような気がしないでもない。まだ見ぬ女たちの顔のぼんやりとした影が脳裡《のうり》に浮かぶ。金銭を介した乾いた関係の中に稀《まれ》にこぼれ出すつややかで温かいものを思い出す。悪くない。しかし眼の先にいる七島はもっといい。終わりなのか、絶対にもう赦してくれないのか、と訊《き》きたいけれども訊くことができず、私は七島のイメージを拳《こぶし》にぎゅっと握り込む。私の心の動きを感じ取ったのか、あるいはしばらく黙っている私が気になったのか、七島がこちらに顔を向けた。

「本田さん、コーヒーでも淹《い》れようか？」

一点の曇りもないごく普通の調子だった。

「おれが淹れるよ。」

私は拳を握り締めたまま立ち上がった。掌中にあるのは私の奇貨だ。

変態月

十月も半ばだというのに道は白く乾き、城を囲む青黒い濠《ほり》の水は衰える気配を見せない陽の光を浮かべて澱《よど》んでいる。ここ数日、日中はまるで夏だった。もっとも二箇月前の本物の夏に比べれば、この程度の暑さは何でもない。八月、誰もがロサンゼルス・オリンピックに夢中になっていた頃には、太陽熱に溶けたアスファルトに靴がめり込んだものだ。異常気象と新聞が書き立てた。うちで飼っていた犬は暑さに弱って死に、近所の老夫婦は新興宗教に入信した。しかし、今だって暑い。濠端の下草だけでなく、M市全体が蒸れていた。

ペダルを踏むたびに腿《もも》にけだるいような痛みが生じる。昨日のバレーボールの練習がこたえているのだ。中間試験の前後、一週間ほど休んだだけなのに、練習を再開してみると覿面《てきめん》に体中が痛くなる。自転車を漕《こ》ぐなど拷問《ごうもん》に等しかった。前を走る鏡子はと見れば、私と全く同じ条件下にあるにもかかわらず軽々とペダルを踏んで行く。脚を上下させるたびに脹脛《ふくらはぎ》の筋肉が盛り上がる様につい見とれそうになる。

中学校の門の前に出た時、自転車を門柱に寄せると「T中学校」と墨で書かれた木製の看板を思い切り蹴《け》った。反動で自転車が揺らぎ、転びそうになったので急ブレーキをかけた。借り物の自転車のブレーキは思いがけない鋭い音をたてた。鏡子がUターンして近づいて来た。

「どうかした?」

「別に。」

三月に私たちが卒業した中学校である。三年間の中学生活は思い出したくもなかった。バレー部での活動を除けば学校へ行く意義がどこにあっただろうか。

「蹴ったんじゃろ。」

静かに笑うと、鏡子はもう一度Uターンして走り出した。

目的地は中学校の近くであった。黒く縁取られた道案内の紙が電柱や塀に貼《は》られている。角を曲がると紺の制服の一群が眼に飛び込んで来た。新聞記事に曰《いわ》く「T中学校一年生 長谷部淳美さん(十三歳)」のクラス・メイトたちだ。

春に誂《あつら》えたばかりの制服は垢染《あかじ》みてもいないしアイロンの当て過ぎで光ってもいない。実に清潔なのだが、ただ、似合っている子が少ない。男の子も女の子も三年間の発育を見越して大き目に仕立てられた服を蝸牛《かたつむり》のように背負っている。高校一年生の私が純粋な洒落《しゃれ》っ気からワン・サイズ大きいテーラード・ジャケットを註文《ちゅうもん》するのとは根本的に違う。彼らは制服に合わせて大きくなるように期待されているのだから。十二、三歳の少年少女たちのミルク臭い体臭とまだ新しい制服の発する安物のサージの匂《にお》いが混じり合った空気を嗅《か》ぐと、暗澹《あんたん》とした気持ちになった。

ブロック塀のそばに自転車を止める。焼香の順番を待つ中学生たちが物珍しげに高校の制服を着た私たち二人を見る。友達が死んだ場合の悲しみ方すらまだ学んでいなさそうな彼らの顔つきがくすぐったい。花輪の並んだ玄関先で弔問《ちょうもん》客に頭を下げている遺族に挨拶《あいさつ》をした方がいいか、それとも黙って中学生たちの後について焼香だけすませて立ち去るべきか、鏡子が小声で問いかける。私も迷って視線を泳がせると、腕を背中で組み顔だけこちらに向けた中年の男と眼が合った。

男は眉《まゆ》を軽く上げ唇を少し開いていた。駆け寄りたいが駆け寄ってもいいものか思案しつつ人間の顔色を窺《うかが》う犬のような表情だった。私も一瞬全く同様の表情になったことだろう。たとえ一瞬でもそうした隙《すき》を見せてしまったのは口惜《くや》しかった。二度と会いたくない、と思っていた人間である。無視しようとした。ところが、そっぽを向こうと決心するよりも早く、私は微笑《ほほえ》んでいた。間違えた、と舌打ちしたくなったが、男はゆっくりと近づいて来た。

「元気か。」

「はい、元気です。」

「今日はどしたんぞ。学校さぼって来たんか。」

「ええ、五時間目はちょうど現代国語の授業でしたので。」

男は苦笑する。

「先生、長谷部さんの担任じゃったんですか。」

「おう。可哀《かわい》そうじゃのう。たった十三歳じゃのに。」ことばを途切らせ、気分を変えるようにまた訊《き》く。「皆川は高校でもバレーをやりよるんじゃとなあ。」

卒業以来葉書一枚出していないのだが、情報はどこからか伝わっているようだ。

「まあがんばれや。たまには寄れよ。」

そう言うと中学生たちの列の方へ戻って行った。

中三の時の担任教師であった男を私は好きではなかった。年相応にでっぷりした体からして一見鷹揚《おうよう》そうなのだが、受け持たれてみると案に相違して癇癪《かんしゃく》持ちであることが知れた。手が早い。殴る教師は他にも大勢いたが、私たちの担任の殴り方はたちが悪かった。一発一発間を置いて生徒と睨《にら》み合いながらいつまでも手をふるい続けるのである。「意地汚い殴り方」と言われていた。ある時例によって彼が男生徒を殴っているところを見かけて「しつこい」と呟《つぶや》いたら、それが聞こえてしまってその場で張り倒された。私は女生徒の中ではよく殴られた方だろう。万が一どこかで出会ったって絶対口をきくものか、と思い決めていた相手と気軽にことばを交わしたことは恥ずかしかった。自分の恨みをその程度のものとは考えたくなかった。

振り返ると鏡子は中学生の一人と話していた。担任の眼を盗んで隊列から抜けて来た中学生は、小学校でも後輩だった兼松道代だった。この道代と死んだ長谷部淳美の二人組を、鏡子と私は彼女らが小学校二年生の頃から知っていた。知っていたわと言っても、三学年の隔《へだた》りもあるし、同級生同士のような親しい交際をしていたわけではない。校内で行き合ったら軽口を叩《たた》き合うくらい、どんなきっかけだったたか、放課後の屋上で四人で暗くなるまでボール遊びをしたこともあるけれど、わざわざ約束して遊んだり家を訪ね合ったりはしなかった。最後に二人と話をしたのは三年以上も前、鏡子と私の小学校の卒業式の日であった。

道代は何やら熱心に喋《しゃべ》っていた。それは今日来てくださったことだけでも満足しとります、ほんとに。これ以上のことをお願いするんは図々《ずうずう》しいとわかっとるんです、ほじゃけど……。

今朝がた道代は鏡子の家に電話を入れ、長谷部淳美の告別式への参列を要請した。行った方がええと言うなら行くけど、何で私が？　と問うたところ道代は答えなかったという。鏡子は一時間目の授業が終わると私の教室へやって来て、昼から長谷部家へつき合ってくれと頼んだ。道代ちゃんいう子がおったろ、あの子がどうしても私に来いと言うんよ、どしてじゃろ、私淳美ちゃんに恨まれとったんじゃろか。ともかく行ってみよ。私たちは自転車通学生から自転車を借り、四時間目が終わるのを待って学校を脱《ぬ》け出した。

鏡子と道代が話し込んでいるそばで私は所在《しょざい》なく立っていた。道代は私を一顧《いっこ》だにしない。鏡子のことは憶《おぼ》えていても私のことは忘れてしまったのかも知れない。

まだ本当に小さかった頃の道代は、髪を短く切り揃《そろ》え笑うと黒眼だけになる眼を利巧そうに動かす子供だった。最初に会ったのは眼科の病院である。道代も私も仮性近視の治療に通っていた。その医院には電気刺激によって仮性近視を治す機械があった。ヘッドフォン型のレシーバーを両眼の横を挟み込む恰好《かっこう》でつけると、電流が流れて皮膚越しに眼球の奥を刺激し、仮性近視の原因である毛様体の緊張を緩和する。そうすると、緊張し凝り固まっていた毛様体は伸縮しやすくなり水晶体の厚さを調節できるので遠くも見えるようになる。今から思えば原始的な治療法だった。

黒い箱型の重厚な機械の正面にはタイマーとメモリー・ダイヤルが付いていた。まずレシーバーをつけると、タイマーを十五分に合わせる。一から十までのメモリー・ダイヤルでは電流の強さを加減する。強くすれば強くするほど効果は上がるのだがそうそう強い電流に耐えられるわけはなく、治療を受ける子供たちはだいたいダイヤルを四から五に合わせていた。

機械は二台あった。ある日同じ小学校の制服を着た女の子と隣り合わせた。電流の強さを七まで上げた女の子は、その日たまたま調子が悪く二の所にダイヤルを留めていた私を見て、「大きいのにたったあれだけしかダイヤルを回してないよ」と聞こえるように独り言を言った。生意気な子だけれども面白い、と思った。胸の名札に「二年一組　かねまつみちよ」と書いてあった。

　はい、どうもありがとうございます、と道代が声をはり上げた。鏡子は頷《うなず》いた。話は終わったらしい。道代は同級生たちの方に戻りかけたが、ぼんやり立っている私に眼を留めると、今は横分けにしている前髪を軽く払い上げてにっこりと笑いながら、「みながわじゅんこ、知っとるよ」と言った。そして駆けて行って仲間の群れに紛れ込んだ。私は鏡子と顔を見合わせて笑った。

　みながわじゅんこ、知っとるよ、というのはかつての道代の得意の科白《せりふ》である。三学期五年生の三学期になってから、病院で一緒になると道代は必ずそう言った。三学期に入って早々、卒業を控えた六年生に代わって児童会の新しい書記となった私は、他の新役員ともども朝礼の折に台に上がって就任の挨拶をしたのだが、マイクの前に立った途端に自分の就いた役職名を度忘れして、「私が今度児童会の、何じゃった？」と後ろに控えている新副会長の鏡子に大声で尋ねたものだから、全校生徒の大爆笑を浴びた。以来、私のフル・ネームを憶えた道代は親しげに、「みながわじゅんこ」と私を呼んだ。

兼松道代の隣を歩く長谷部淳美に気がついたのはいつのことだったろうか？　やはり小学五年の三学期であったと思う。それまでは病院でしか会わなかった道代と校内でもしばしば出喰わすようになったら、道代と仲がよいらしい長谷部淳美の姿も同時に眼につき始めた。私の方は鏡子と一緒のことが多かった。鏡子とクラスは別だったのだが何となく四年生くらいから互いを見知っていて、ともに児童会の仕事をするようになってからは昼休みなどよく二人で過ごしていたのである。そんなわけで鏡子と私、道代と長谷部淳美は知り合った。

活発で物怖《お》じしない道代に比べると淳美には落ち着きがあった。道代と私が憎まれ口を叩き合いはしゃいでいても、友達の尻馬《しりうま》に乗ってふざけたりはせずににこにこ笑って見ていた。そういう性質は鏡子と似ていた。私は遊び相手として面白い道代を気に入っていたが、感じの優しい淳美も好きだった。淳美と鏡子がそばで見物していると、道代と私はよい観客を得た芸人のようにはりきってふざけ散らすことができるのだった。色白で可愛《かわい》い子だったが、もうこの世にはいない。

淳美が変わり果てた姿で発見されたのは一昨日の夜だった。私たちはそれを昨日の夕刊で知った。遺体の頸《くび》にはくっきりと指の跡があったという。犯行現場はＳ川の土手で付近には菓子の箱が数個落ちていた。乱暴された形跡はなし。警察は捜査中。記事をすべて読み終えてからようやく、殺されたのが一時期よく顔を合わせた後輩であることに思い当たった。記事に添えられた死者の小さな顔写真は粒子が粗く面立ちをはっきり伝えていなかったが、よくよく眺めれば確かにあの淳美であった。母は私が記事を読んで聞かせるとお茶漬けを掻《か》き込むのをやめて「痛ましい」と呟いた。

中学生の列が動き始めた。鏡子と私は彼らの後についた。啜《すす》り泣きひとつ洩《も》れず焼香の列は黙々と進んだ。暑かった。眼の前の女子中学生がハンカチで項《うなじ》を押えた。

「きれいじゃったねえ。」

鏡子に追いついて自転車を並べると私は声をかけた。

「祭壇の上の写真見たら、あの子、きれいになっとったねえ。」

黒い額縁の中で淳美はしっとりとした笑顔を見せていた。満面の笑みではなく、ある刹那《せつな》こぼれたという風情《ふぜい》の自然でほどよい微笑みであった。あんないいポートレートを葬儀用の写真に用いると遺族の悲しみはいっそう募るのではなかろうか。

最後の弔問客である私たちに一礼した喪服の婦人が改めて遺影に眼を遣《や》って涙を浮かべるのを目撃して、そう思った。

鏡子の胸元がいやにすっきりしているのに気がついた。私はピッチを上げてペダルを踏み、前の方から鏡子を見た。

「ネクタイは？」

学校の定めた野暮ったい臙脂《えんじ》色《いろ》のウールのネクタイが、鏡子の胸元から消えているのだった。

「さっきまでしとったねえ。」

鏡子が眼を私に向けた。重ねて尋ねる。

「どしたん？」

「あげた。」簡略な答が返って来た。

「誰に？」

「仏様、じゃと思う。お棺に入れる言うて道代ちゃんが持って行った。」

「何？　淳美ちゃんは生前ネクタイのコレクションでもしよったん？」

「いや、ようわからんけど、何か身に着けとる物《もん》を淳美ちゃんにやってくれ言うんよ。ほしたら淳美ちゃんが喜ぶと思うんじゃと。私も断わる理由はないけんね。」

淡々とした説明を聞いて私の方が心配になってしまった。

「ほじゃけど、ネクタイなしでどうするん？」

「それが、ハンカチでもあげよと思たんじゃけど、あいにく汚れとったんよ。道代ちゃんもネクタイがええ言うたし。」

たかがネクタイの一本くらいなくても平気だと鏡子は思っているようだった。うちの高校の風紀担当の教師がなかなかうるさいことを知らないのだ。オーバー・サイズのテーラード・ジャケットの前釦《ボタン》を外し袖口《そでぐち》を捲《まく》り上げネクタイを弛《ゆる》めているだけの私が何度も嫌味を言われたのだから。

学校へ戻る前に私の家に寄るように鏡子に勧めた。女物の絹のネクタイを私は一本持っている。従姉《いとこ》から譲り受けた物で、幅は制服のネクタイと変わらないし色も赤系で似ていないでもないから、さしあたってはそれを着けていると教師の眼をごまかせるだろう。

母がパートに出ているため昼間は家に誰もいない。閉め切った家の中には古びた壁や柱の匂いと私たち家族の匂いが籠《こも》っていた。私は先に入ると手早く戸や窓を開け放った。中学時代からうちに来馴《きな》れている鏡子は、上がって来てまっすぐに家を横切ると備え付けのサンダルを履いて庭に出た。庭の一隅に夏に死んだ犬ロッコの墓がある。自家製の木の墓標に向かって鏡子は合掌した。

「埋めたばっかりの頃、ロッコの子を五匹産んだ近所の雌犬がしょっちゅう来てお墓を掘り返すんで困ったんよ。」

「犬でも執着があるんかねえ。」

「執着心のために墓を掘るとも限らんけど。」

「ええ匂いがするけん掘るとか？」

庭に面した上框《あがりかまち》に腰かけ麦茶を飲みながら私たちはとりとめのない話を続けたが、告別式の余韻が残っており、必要もないのに声を遠慮がちにひそめて喋っていた。病死や事故死ではなく殺されたのだというところがショッキングではあったが、ちょっとした知り合いに過ぎない淳美の死にさほど心を痛めているつもりはない。けれども、会話が途切れた時など淳美の遺影が眼の前にちらつく。誰がどんな理由から殺したのだろう、犯人は捕まるだろうか、と考えてもわからないことを考え込みたくなる。

不意に鏡子が声を上げた。

「思い出した。私、小学校の卒業式の日、淳美ちゃんにセーラー服のタイをくれと言われた。」

六年間の着用に耐え縁の擦り切れた取り外し式の赤いタイを、私は思い浮かべる。

「あげんかったたん？」

「あげんかった。冗談じゃと思とった。」

私は溜息《ためいき》をついた。

「冗談じゃなかったみたいなね。」

「あの時あげとったらよかったろか。」

今は粋《いき》な絹のネクタイで飾られた胸元を見下ろして、鏡子は呟いた。

「小学校の時、何て言うたん？」

「何が？」

「淳美ちゃんの頼みを何言うて断わったたん？」

「さあ、確か、こんな汚い物《もん》あげられん、とか何とか言うたんじゃと思う。」

「ほしたら淳美ちゃんは？」

「そうですかあって言うて離れて行った。」

「あっさりと？」

「うん、あっさりと。」

「可哀そうに。」

そう言いながら私の口元は弛んでいた。小学三年生の淳美が、頼みを断わられてひどくがっかりしながらも、いつも以上に真面目《まじめ》くさった顔つきで「そうですかあ」と嘆息するところを想像すると、余りの可愛らしさと哀れさに笑えて来るのだった。鏡子も俯《うつむ》いて笑っている。

淳美が鏡子に対して抱いていたような感情を何と呼ぶのか私は知らない。小学校当時、鏡子と出会うと淳美の眼が瞬時輝いたことを憶えている。この子は鏡子のことを「好き」なのだろうか、と私は考えた。しかし淳美の感情に深い関心はなかった。ひょんなきっかけで上級生と仲よくなれて嬉《うれ》しがっているのだろう、そういう気持ちはよくわかる、と思っただけだった。私は淳美の思いの丈《たけ》を低く見積っていたのかも知れない。

「淳美ちゃんはタイをもらえんかって辛《つら》かったこと、ずうっと憶えとったんじゃろか。」

「ほうなんじゃろねえ。道代ちゃんがタイにこだわっとったけん。」

「鏡子の方はそんなことがあったいうんも忘れとったのにねえ。」

「完全に忘れとったいうわけじゃないがね。ちゃあんと思い出せたろ。」

やはり淳美は鏡子が「好き」だったのだ。とても「好き」だったのだ。「好き」の定義など私にはできないが、淳美の中で持続していた思いを言い表わせることばは他にない。可哀そうに、と私は心の中でもう一度唱えた。

鏡子は物干し台と犬の墓しかない殺風景なわが家の庭を眺めながら梨《なし》を口に運んでいる。好かれていたことについて鏡子はどう思っているのか知りたいが、いつもながらの淡々とした表情からは何も読み取れない。

バレー・コートの中でさえ鏡子は淡々としていた。白熱した試合の最中にミスをしても、残念そうな顔も味方にすまなそうな顔もせず相手方のコートに眼を据えている。だいたいミスをするとチーム・メイトから叱責《しっせき》されひどい時には叩かれたりもするのだが、鏡子と来たら中学の時から他人のミスにも自分のミスにも眉ひとつ動かさず超然としており、何となく文句の言いにくい大物の風格を漂わせていた。

ゆえに——もちろん主力選手としての働きもあるからだが——先輩でさえも鏡子を怒鳴りつけなかった。代わりにどういうわけか私が叩かれた。

決して冷たい人柄なのではない。物事への関心が薄いのでもない。私を張り飛ばした教師の愛車の排気筒に給食のデザートに出た蜜柑《みかん》を詰め込みに行くという鉄火肌の一面もあった。ただ、そうした気性の激しい部分は滅多に表に顕《あら》われない。普段の摑《つか》みどころのなさや感情の乱れのなさには歯痒《はがゆ》さを覚えることがないでもない。だが、人の苛立《いらだ》ちや不機嫌さえ鏡子は涼しい顔で受け止めるので、しまいには苛立っているこちらの方が駄々でもこねているような気分に陥って恥ずかしくなる。全く鏡子は大物だった。

六時間目の授業の終わる時刻に近かった。バレー部の練習はさぼるわけには行かないので、私たちは急いで家を出た。

中学校入学と同時にバレーボールを始めた。はっきりした動機があったわけではない。小学校二年の時のモントリオール・オリンピックでの日本女子バレーの金メダルは微《かす》かに記憶しているが、人気スポーツへの憧《あこが》れもなければ名選手になりたいという野心もなかった。第一、運動神経だって大してよくはなくスポーツ自体もそう好きではない。しかし、バスケットやテニスや卓球、バドミントン、ソフトボール等の他のスポーツと比べると、バレーに惹《ひ》かれるところは大きかった。

まず敵の陣地と味方の陣地が明確に分かれているのがよい。バスケットのようにコートのどこを走ってもかまわないなどというのは野放途《のほうず》である。次にボールを手で操るのがよい。ラケットだのバットだののちまちました道具はまだるっこしい。それから、コートの広さとコートに入る選手の人数がよい。これは理窟《りくつ》抜きで心地よかった。私が自分で守りたいと望む範囲と、六人という人数によって自然に定められる守らねばならない範囲が、ぴったり一致しているのである。

要するに、私は生理的・感覚的にバレーボールを選んだのであった。制約の多いルールすら気に入っていた。ボールはたった三打で相手方に返さねばならない、同じ人が二度続けてボールに触れてはいけない、後衛の者はブロックに参加できない。いずれもなぜそう定められているのかよくわからない。とりわけ理不尽に思われるのは、相手にサーブ権がある時にこちらがスパイクを決めてもサーブ権が移動するだけで得点にはならないという決まりである。得点に加算した方が試合運びもスピルールを守るのが私は好きだった。そういった理不尽さに不平を言いながらーディーになってよさそうなものなのに。

正統派のバレー好きのチーム・メイトは、バレーをやっている時は嫌な気分から解放される、と言う。私の場合は正反対である。敵のスパイクが急角度で襲って来る時、苦手な方向に容赦なく打ち込まれる時、学校や家での諸々《もろもろ》の嫌なことをバレーボールという形で味わい直している感覚があった。どうにも対処のしようのない我慢するしかない嫌なことどもが、敵チームのボールに姿を変えて私を嘲弄《ちょうろう》しようとする、という気がした。その憎きボールを待ち受け立ち向かって行く気分は悪くない。

ボールを叩いて日常の鬱憤《うっぷん》を晴らすのではない。攻撃され嘲弄されることによって嫌な経験を追体験しながら乗り越えるのだと言いたかった。フェイントに踊らされる時、レシーブしたが後ろに逸《そ》らした時、何球も続けて狙《ねら》い打ちされる時、私は腹を立て悲しみながらも状況を愉《たの》しんだ。だから押され気味の試合により昂奮《こうふん》した。勝ち負けはほとんど気にならなかった。

中学二年の時、バレーボールの拘束《こうそく》の多さとコートに入った時の緊張と絶望感を題材にして「バレーコート＝収容所論」という作文を書いたら、校内作文コンクールで入賞した。それを読んだチーム・メイトにもクラス・メイトにも「わけがわからん」とさんざん馬鹿《ばか》にされた。一人、当時はチーム・メイトでもありクラス・メイトでもあった鏡子だけが「面白かった」と言ってくれた。私同様中一からバレーを始めた鏡子がいかなるバレーボール観を持っているかは聞いたことがない。

学校に着いて、大急ぎでユニフォームに着替え体育館に駆けつけたが、皆はすでに円陣パスを始めていた。そこの二人、コートのまわり十五周、と先輩の声が飛んで来た。

私たちは走り始めた。隣のコートでサーブの練習をやっている男子バレー部員がにやにや笑いながら見る。腿が痛む上全力で自転車を漕いで来た後なので、とても笑い返す余裕はなかった。何周かのろのろ走った時、追い討ちをかけて「最後の五周は兎跳《うさぎと》びで」と命令が下った。遅刻の理由は問われない代わりにこうして体で償わされる。

忠実に兎跳びで五周回って立ち上がると、脚の付け根から下はあるのかないのかわからないほど頼りなかった。それでいて足の裏だけは敏感に床の堅さを感じ取っていた。私たちはばたばたと足音を響かせながら正規の練習に加わった。

私は不調だった。飛んで来るボールというボールが脇《わき》をすり抜けて行った。腕とボールがジャスト・ミートしないのである。脚のだるさが原因ではない。腕を出すタイミングが遅れるのだ。ボールがどれくらい近くに来たら手を伸ばすか、ということはスポーツを全くやらない人だって本能的に知っている。ところが私の本能は壊れてしまったかのようだった。眼はちゃんとボールを捉《とら》えるのだが、さあ打たなければ、と考えている間に打つタイミングを逃がしてしまう。こんなことは初めてだった。

最初は私が身を入れていないのだと思って、「酔っ払っとるんかね」とか「シンナー吸うて来たんじゃなかろね」と怒鳴り散らしていた先輩も、どうもおかしいと感じたらしい。「新人戦が控えとるのにそんなことでどうするん?」と言って、私を休ませた。私自身にも何が何だかわからなかった。コートを降りると膝《ひざ》ががくがく震えた。

調子がいいとか悪いとかの問題ではない、今日は体がバレーボールを受けつけないのだ。壁際《かべぎわ》で汗を拭《ふ》きながら、私は心の中でそうぼやいた。鏡子が近づいて来た。

心配して様子を尋ねに来てくれたのかと思ったら、隣に腰を下ろし私の手からタオルを取って言った。

「私も外《はず》された。」

私は呆気《あっけ》にとられた。鏡子は一年生の中では最も安定した実力を示す有望株と先輩たちに期待されていた。練習から外されるほどひどいプレイを見せたのだろうか。

「けちがついとるみたいな。」タオルを使いながら鏡子はこぼした。「葬式なんかに行ったら調子が狂うねえ。」

「うん、狂う。」私は答えた。

そう言えば、浄《きよ》めの塩を振ることを忘れていた。

暮れかけた道を私たちバレー部の最下級生はぞろぞろと歩いていた。蒸し暑い昼間とは打って変わった冷たい風が汗の引かない体に吹きつける。威勢よく歩く元気のある者はいなかった。私たちは肩を落としぼそぼそと喋り合っていた。

「三年生が抜けて少うし気楽になったねえ。」

「その代わり、二年生がきつなったけど。」

「それでも中学の時の先輩よりはええがね。」

先輩・後輩の序列の厳しさはどこの中学でも変わりはないらしい。真冬のミーティングの時に一年生だけ吹きさらしの渡り廊下に正座させられただの、準備体操のしかたが悪いと踵《かかと》を蹴り上げられただの、ボールを顎《あご》と膝の間に挟んだまま兎跳びをやらされただの、悲惨な話をいろいろ聞く。彼女たちにしても上級生になると自分のされたことをそっくり下級生にし返したのであろうが。

T中学の鏡子や私の学年の者は部の実権を握るとのんびりと後輩の指導に当たった。膝の屈伸運動だけを一時間も続けさせる、というようなことはしなかった。一年の入部したてからどんどんボールに触らせたし、先輩に対する礼儀に関してもやかましい注意はしないでおいた。当然後輩たちは私たちによくなついた。しかし、何故《なぜ》か私たちが卒業するとチームはめっきり弱くなり、以前は県大会に出ることもあったT中バレー部は地区予選で敗退するようになってしまった。

「まあ、時々新聞種になるような鬼コーチがおらんだけええわい。」

話しながら私たちはお好み焼き屋の暖簾《のれん》をくぐった。賑《にぎ》わっている店内に充満した白い煙が顔面に貼りつく。空席に向かう途中で、お好み焼きを焼きながらこちらを見ている先輩たちに気がつき、私たちは思わず足を止めた。

「そんなに嫌がらんでもええがね。」

「座ったら？」

先輩たちはそばの六人掛けのテーブル席を指した。一年生は十一人いるので、約半数はどうしてもそのテーブルに着かねばならない。先輩の隣ではどうしても緊張してしまうから誰だって離れた席に座りたいに決まっているのだが、鏡子や私は要領が悪く、こんな時必ず貧乏籤《くじ》を引いてしまう。私たち二人は先輩たちといちばん近い通路側の席に向かい合わせで座ることになった。

「よう来たねえ。」

宇野という先輩が頭を小突いた。この先輩は親愛の情の表現が荒っぽいので困る。眼が合うとすぐにふざけて小さな暴力を振るうのだ。ご丁寧にも私の方もそれを愉しんでいると信じている。こちらは我慢するしかない。

メリケン粉を灼《や》けた鉄板に垂らした時、宮内という先輩が体を乗り出して訊いた。

「あんたらの中でT中出身の子おる？」

鏡子と私が手を挙げると、宮内は言った。

「Ｔ中の一年生が殺されたろ？　犯人はあんたらと同学年のＴ中出身者で、Ｋ高に入った子らしいわい。」

全員が宮内に注目した。誰もひとことも発さず、次のことばを待った。宮内は余りの反応の大きさにややたじろいだ様子であったが、あたりを憚《はばか》る声で説明し始めた。

「うちのお父さん、刑事なんよ。ほれで、人に言うたらいかん言われとるけんここだけの話にしといてほしいんじゃけど、Ｋ高の女の子、重要参考人として事情聴取しよるんじゃと。その子、相当取り乱しとって、まず犯人に間違いないいうことなんよ。」

鏡子と私は意味もなく頷いた。聞かされたことが予想外であり過ぎてすぐには感想が出て来ない。私たちと同じ年齢の、しかも同じ中学出身の者が淳美を殺した？　ことばの意味は無論理解できるのだが、スムースに頭に入って来ない。どういうことなのだろう？　歯が立たないほど堅く呑《の》み込めないほど大きい肉の塊をいきなり口に押し込まれたような気分だった。

「あれ、変質者の仕業じゃなかったんですか？」

宮内は少しばかり見下した笑いを浮かべた。

「そのK高の子が変質者なんかも知れまい？」

皆一様に腑《ふ》に落ちないという様子を見せる。

鏡子と私が今日淳美の告別式に参列したことを宮内は知らない。単なる世間話のひとつとして事件についての特種を披露したのだろう。バレーボールのプレイでも豪胆なところを見せる先輩だが、こういう話をする際にも好奇の色を露わにしたり人の知らないことを知っているのだという自慢の気持ちをちらつかせたりせず、どっしりとかまえて冷静に喋る。感心もするが憎らしくもある態度だった。

私は片面が焼けたお好み焼きを勢いよくひっくり返すと、単刀直入に尋ねた。

「K高の子いうて何ていう人ですか？」

「そこまでは私、よう言わん。」

常識家ぶって口を噤《つぐ》んだ宮内に、片面生焼けのお好み焼きをぶつけてやりたくなった。私は繰り返した。

「何ていう人なんですか？」

宮内は私をじっと見つめ、困った風に眉を下げた。それから姿勢を正すと真剣な面持ちをつくって囁《ささや》いた。

「鹿島喜久江《かしまきくえ》いう子。誰にも言うたらいかんよ。」

その名前は、鏡子や私の耳には生々しく響くものだった。小学校も同じだったし、中学一年二年はクラスも同じだった。親しくはなかった。ろくに話したこともないのではなかろうか。おとなしい、少し陰気な感じの子だった。吊《つ》り上がり気味の小さな眼と細い鼻筋を憶えている。なぜ、と考えるよりも先に気が滅入《めい》って来た。

宮内は当惑顔で私に視線を注ぎ続けている。一年生は眼を伏せ、二年生は小皿の上のお好み焼きを割り箸《ばし》の先でつついていた。

居心地の悪い沈黙を破って鏡子が言った。

「今の、怖かったねえ。」

今の、とは私の宮内への詰問《きつもん》のことである。鏡子の声に、ぎくしゃくした空気が一度に和んだ。

「ことば遣いこそ穏健《おんけん》じゃったけど、響きが脅迫的じゃったわい。答えんかったら承知せん、と眼が言うとった。ああ怖かった。」

皆が笑った。先輩たちは口々に喋り始めた。

「皆川さんはそうなんよ、時々怖なるんよ。」

「普段はおっとりしとって、されるがままみたいなのに、たまに獣に豹変《ひょうへん》するんよねえ。」

「一年生の中ではいちばん変わっとる、と三年生も言よったわい。」

私は愛想笑いを先輩たちに向け、おとなしく傾聴していた。私のためにおかしくなった場の雰囲気を一変させてくれた鏡子には感謝していた。鏡子は本来スタンド・プレイが大嫌いで人に先んじて喋り立てたり行動したりすることはほとんどない、と知っているだけにありがたかった。

謝意を表して鏡子を見たら、鉄板から立ち昇る熱気で頬を上気させてはいるのだが、口元と眼元は冗談口を叩いた後にしては奇妙にこわばり、そのこわばりの解けそうな気配はなかった。身近な事件に関する思いがけない情報を得て私と同様に毒気に当てられているのがよくわかった。

あれはまだ本当に暑かった八月の初めだった。私たちは偶然鹿島喜久江と出会った。

八月と言えば、全日本バレー・チームもロサンゼルスで奮戦していたが、高校の強豪バレー・チームも秋田インターハイの覇権《はけん》を争っていた。わがN高バレー部はインターハイなどとは無縁の弱小チームで、その日はK高校で私たちと同じく弱いK高バレー部と無聊《ぶりょう》を慰め合う練習試合を行っていた。

三年生はすでに引退しており、一・二年生主軸のチーム、と言うよりは一年生の実力がどれほどのものか見定めるのが目的の編成であった。私は中学以来久々にセッターのポジションを得たし、鏡子は堂々たるセンターである。第一セットは難なく取った。ところが、第二セットからK高はスターティング・メンバーの新人とベンチに控えていた二年生の実力者を交替させ始めた。まだまだ中学レベルから脱け切れない私たちに歯が立つはずはない。第二セット、第三セットは惨敗《ざんぱい》に終わった。個人成績では、鏡子は一試合を通じてスパイク決定率ナンバー・ワンに輝く活躍だったのだが。

先輩たちの機嫌は悪かった。負けたという結果よりも、私たち一年生が負けた癖に平然としているのがお気に召さないようだった。

「あんたら、感情はないいん？　口惜しいと思わんのかね。」

私たちはぽかんとしていた。折しも、オリンピックで日本女子チームが中国チームに敗れたとのニュースが伝えられていた。

「口惜しいことないです。勝てるほどの実力がなかったいうことですから。」

「ほれでも負けるいうことは本来恥ずかしい口惜しいことじゃろがね。」

「そらオリンピックで日本が中国に負けたんは口惜しいですよ。全日本の人らは中国打倒を目標にして血の出るような努力して来たんですから。ほじゃけど、それと私らとではレベルが違います。私ら如《ご》きが負けて口惜しがるんは傲慢《ごうまん》なんじゃないですか。」

「負けて恥ずかしいとか口惜しいとか思うんは虚栄心が強いからじゃと思います。相応の実力を身につけてプライドを持つんならええけど、何にも力がないのに自分を負かした相手に腹立てて口惜しがるんはけち臭い根性じゃと思うんです。みっともないです。」

先輩たちは呆《あき》れ果てて頭を振り、「あんたらなんかもう知らん」と言うとさっさと帰ってしまった。残された私たちは私たちで、先輩たちがどうして怒るのか理解できず、それでも喧嘩《けんか》したかたちになったのはまずいから強化合宿までに一応詫《わ》びを入れておいた方がいいだろう、と話し合ってK高の体育館を出た。

鹿島喜久江に会ったのはその直後であった。

K高の正門前の食料品店で私たちはアイス・キャンディーを買い食いしていた。店先は日陰になっているのでいくらか暑さが凌《しの》げたが、正面に広がっているK高の運動場が無防備に太陽に曝《さら》され強烈な照り返しのため眼が痛くなるほどぎらついているのを見ると、帰り道の辛さが思い遣られうんざりした。

そのぎらぎらと光る運動場を、鹿島喜久江はたった一人で歩いて来た。K高のマークが胸に刺繍《ししゅう》された白いブラウスに、重そうな紺のアコーディオン・プリーツ・スカートを履いて。手に下げた学生鞄《かばん》は中味の詰め過ぎで膨れ上がっていた。何ということもなく私たちは喜久江に注目した。

「何で夏休みに学生がおるん?」

「知らんの? 補習よ。K高は一年の時から休み中にも補習受けさすんよ。」

喜久江のずっと後方にも制服姿の生徒たちがちらほら見えた。喜久江はたった一人で先頭切って出て来たので目立ってしまったのだ。喜久江が前を通りかかると、鏡子と私は声をかけた。

「鹿島さん。」

「久しぶり。」

喜久江の反応は奇妙なものだった。私たちの声を聞くと素早くこちらに視線をよこした。声をかけたのが誰であるか確認するとさっと眼を逸らし、立ち止まるべきかどうか迷うように二、三度小刻みな足踏みをした。が、動揺はすぐに押し隠され、喜久江は片足を軸足にしもう一方の足で大きな弧を描いてロボットを思わせる方向転換をすると、無言のまま通り過ぎて行った。

仲間たちは変な顔をした。

「あれ？　知っとる子じゃったんじゃろ？」

「失礼なねえ。重苦しい顔して無視して。」

当の私たちはさして傷つきもしなかった。喜久江のつき合いにくさは二年間同じクラスにいて知っていたからだ。普段あまり話さない人には警戒の色を示す人だった。事務的な伝言、たとえば「今度から階段の掃除は下の踊り場までやるように、と先生が言よったよ」程度のことを告げる場合でさえ、肩に力を入れ早く言い終えたいという気持ちをありありと見せた。こちらが話しかけても、まるで話しかけられたのが信じられないとでもいうように、まず「え？」と小さな声を発するのが常だった。

K高の塀に沿って歩きながら一人が言った。

「ほじゃけど、こんな高校におったら沈んだ性格になるんも無理ないかも知れんわい。」

「何で？」

「私立じゃろ？　締めつけがもの凄《すご》く厳しいんじゃと。公立じゃったらそんなに学校側の力も強くないし、悪い生徒は退学にもするし生徒の方から退《や》めたりもしよ？　私立は違うんよ。生徒は金蔓《かねづる》じゃけん、退めさせずにひどいこと絞るんじゃと。」

「私も聞いたことある。中学校以上に遠慮なしに殴ったりするんじゃってねえ。私の知っとる子もK高じゃけど、男の先生に追いかけられて、女子トイレなら安全じゃろと思てトイレに逃げ込んだら、先生もひるまずに入って来て、鍵《かぎ》かけた個室の戸をどんどん叩いて怒るんじゃと。怖かった言よった。」

M市市内には私立高校が五つある。一つは県下一の進学名門校、一つはミッション・スクール、県立校に入る学力のない者が多く集まる女子校と男子校が一つずつ、それにK高である。入学難易度で言えば、県立校中の最低ランクの高校と学力不振者を掬《すく》い上げる女子校・男子校の、ちょうど中間くらいにK高は位置していた。聞くところによれば、大学進学率を県立高校並みに伸ばして入学志願者を集めることがK高の目下の目標ということであった。

「まだ私らのN高の方がましかねえ。」

それだけの話で終わったのだ。鏡子も私も鹿島喜久江のことを考え込んだりしなかった。全日本女子バレー・チームが銅メダルを獲得してオリンピックは終わり、猛暑は去らず、私たちはクーラーとビデオのある同輩の家に入り浸ってオリンピックを繰り返して観《み》、先輩たちとも仲直りしてG島に強化合宿に行った。そうこうしているうちに新学期になった。

あの喜久江が淳美を殺した。不愉快な話であった。見知らぬ変質者が犯人であったとしても不愉快には違いないが、同年齢で元同級生でおまけに同性が犯人となると毒気はさらに強烈である。

お好み焼き屋から帰宅すると、私は自室に直行して中学校の卒業アルバムを引っぱり出した。卒業時に喜久江が何組であったか知らなかったので、一組から順番に女生徒の顔を一人ずつ調べて行く。すべての組を調べたが喜久江は見つからなかった。もう一度、今度は写真ではなく右側のページの生徒氏名の方を探した。四組に鹿島喜久江の名があった。

喜久江は前髪をほとんど眼に被《かぶ》さるくらい伸ばしていた。眼を開いているのか閉じているのか不明である。クラス全員で写した写真の中では際立った個性もなく全く目立たなかった。アルバム用の写真だというのに前髪を掻き上げもせず、投げやりな態度で立っているところが変わっているといえば変わっていた。

そもそも、喜久江と淳美の取り合わせからして奇異なのだ。陰鬱そのものの喜久江と健全そのものの淳美は、対照的であり過ぎて、むごたらしさを感じないでは並べて思い描くことができない。宮内によれば二人は家が近く幼馴染《おさななじみ》であるらしい。このような幼馴染があっていいものだろうか。二人が気が合うとはとても考えられなかった。

淳美はいい子だった。恐らく誰の眼から見てもいい子だった。その淳美の頸を喜久江が絞める情景を頭に浮かべてみた。憎しみからではない、と思う。根拠はないが、憎しみや恨みからではない、と思う。単純な感情のしこりだけで三つも年下のあんな可愛い子を殺すなどということがあるだろうか。では他にどんな理由が、と考えかけると胸が悪くなった。

　私は自分が事件に囚《とら》われていると感じた。いくら事件のことを頭から追い払おうとしてもだめなのである。事件の孕《はら》む毒に私の中の何かが激しく反応しているようだった。私は立って行って窓を開け、思い切り夜の空気を吸い込んだ。


　翌日の朝刊に淳美の事件についての記事は載っていなかった。ところが、学校では鹿島喜久江の名がひそやかに囁き交わされていた。もちろんT中学出身者を中心とする事情通の間だけであったが。瀬戸内海に面していて気候温順、基本的にのんびりとした地方都市のM市では、たまに平穏を破って事件が起きると真白なハンカチに血の雫《しずく》が染み広がるように噂《うわさ》が広まるのである。

　土曜日なので授業は午前中で終わった。午前中いっぱいN高在学のT中出身者は事件のことだけを喋《しゃべ》っていたと言っていい。私は噂話には加わらなかったが、授業が終わって掃除をしている時に板東という同級生に摑まってしまった。

　板東は床を掃いている私の体に後ろから手を回した。「気持ち悪い」と私は言った。板東はいっこうに気にせず手を放さない。この欲求不満のリビドー乱射女め、と私は口に出さずに毒づいた。そこいら中に男子生徒がいるのだから彼らに抱きつけばいいのだ。

そのままの恰好《かっこう》で板東は話し始めた。

「ねえ、鹿島喜久江いう人は大したもんじゃねえ。」

おや、と私は注意を惹かれた。今朝から小耳に挟んだ事件についての生徒たちの論評は、気味悪がっているか、好奇心まる出しか、あるいは犯罪に対して道徳的批判を下しているかのいずれかであったが、板東の口調にはそういったニュアンスが一切含まれていなかったからである。上体を起こした私の耳の近くで板東は喋る。

「あんたどう思う？　他の子らは皆、ノイローゼとかコンプレックスが原因の犯罪じゃとしか言わんけんつまらんのよ。そんなもんが原因じゃったら、煙草《たばこ》とかシンナーの非行に走るか、家庭内で暴れるか、男漁《あさ》りして性的な発散を求めるか、だいたいそういうところじゃろ？　あの子の場合、三つも年下の妹みたいな幼馴染の頸を絞めとるんよね。しかも殺す前にはお菓子を与えとる。私はどうも、可愛さ余って思わず殺してしもたんじゃないかいう気がするんじゃがね。順子はどう思う？」

板東とは高校に入って初めて同じクラスになった。中学校も同じだったらしいが、私は彼女を知らなかった。板東の方は前から私を知っていたらしい。クラス一の読書家で変わり者との評判の高い生徒であった。入学以来しきりに私に接近したがっているが私は歓迎していない。肥《ふと》り気味の板東の張り切った乳房とやたらにスキンシップを試みる癖が、好みに合わないのである。

私は板東の造作の大きな顔と間近に向かい合っていた。ぶよぶよとした腕は体に巻きつけられたままである。私は問い返した。

「可愛さ余って殺してしもたって？」

「ほうよ。仔猫《こねこ》なんかでも、可愛い可愛い言うて抱いて撫《な》でさすりよるうちに、突然無性に憎らしなって絞め殺したなったりせん？　愛情が過ぎて暴力の形をとるんじゃね。鹿島喜久江の場合もそれじゃないかと思うんよ。可愛らしいてたまらん近所の小さい子が、ある刹那急に憎らしなって、つい手え掛けてしもた、みたいな。」

板東は自分の解釈に熱中して生き生きとしていた。その無邪気で利発な瞳《ひとみ》がうっとうしく、私は顔をそむけた。

「ねえ、『バレーコート＝収容所論』の執筆者としてはどう考えとるん？」

二年前の作文を引っぱり出されて私は面喰った。あの馬鹿な作文に興味を抱いて、板東は私に寄って来るのかも知れない。光栄の至りではあるが、淳美の事件については何も言う気がしなかった。考え込んだり意見を述べたりすると悪酔いしそうになるのだ。冷静な論評は板東たちのように事件について知っても調子の狂わない者がやればよい。そう思うのだが、板東はどうしても私に喋らせたいらしく、私を放さない。しかたなく答える。

「板東さんの意見は面白いけど、やっぱり公式見解の部類に入ると思う。今の説で一応は犯行の動機を説明できたような気にはなるけどね。ほじゃけど、あくまで一般論を事件に当て嵌《は》めてみただけで、他の誰でもない鹿島喜久江の犯行について何か言うたことにはならんのじゃないん？　情報が少ないけんしょうがないけど。」

「わかった。」嬉しそうに板東は叫んだ。「よう事情もわからん事件をしたり顔で勇み足解釈するな、と言うわけじゃね。そう言うからには、あんたはもっと深いことを考えとるんじゃろね。」

「別に考えとらんよ。」板東の頭の働きにうんざりしながら私は言った。「人殺しの気持ちなんかわからん。」

「人を殺したいと思たことがないわけじゃなかろ？」

「殺したいと思うんと、実際に殺すんは、えらい違いじゃろ。」

「ははあ。」板東は愉しげな様子のまま唸《うな》る。「察するところ、あんたはけちじゃね。もったいながって自分の意見を言おうとせん。私なんかには話したないんじゃろか？」

私はむっとした。相手が誰であろうが、こうした深読みや先回りした言い方には嫌悪《けんお》を覚え、釈明する気力も失《な》くしてしまう。体に回された板東の手をほどきながら私は言った。

「もしあんたが鹿島喜久江に興味があるとか共感するとか言うんじゃったら、ルポルタージュでも小説でも書いたらええ。私なんかの意見は聞かずに。もしかしたら、自分の頭がええことを私に見せびらかしたいだけなんかも知れんけど。」

ほどかれた腕を未練がましく私の体の近くに留めていた板東は、顔を赤らめて手を引っ込めた。

「ごめん、しつこかった。」あっさりと謝る。「ただねえ、中二の時あんたの作文読んで、皆川さんは将来小説家になろと考えとるんじゃないかと思たんじゃけど、違う？」

今度は私が赤くなる番だった。板東は控え目な態度で私の返答を待っていた。この子は、家で私が部屋に籠って少しも勉強しないで大学ノートに文章を書きつけているのを知っているのだろうか？　あり得ないことだが、一瞬そんな疑いまで涌《わ》いた。今回の事件のこともすでに何行か記してある。私はまごついていた。

折よくも私を呼ぶ声がした。教室の入り口で鏡子が弁当の包みを持って立っていた。クラスの違う鏡子とは、午後からバレー部の練習がある土曜日だけ昼食を一緒に食べる習慣になっている。彼女は私を誘いに来たのだった。

板東は鏡子を認めた途端に、すうっと私から離れて行った。なぜか板東は鏡子が苦手らしい。助かった、と思った。私は机の中から弁当を取り出すと友人の方へ歩み寄った。教室を出る際にちらと振り返ると、板東は残念そうな顔でこちらを見続けていた。

「さっき板東さんがずっとこっち見よったね。」

鏡子が言った。私は失笑した。

狭い部室で仲間たちと肩をぶつけ合いながら着替えている最中だった。誰かの肘《ひじ》が始終頭に当たる。私は手早く上着とベストを脱ぎ棄《す》てネクタイをほどく。

「あの子はやたらにべたべた触るんで困る。」

「順子のことがすごく好きなんじゃろ。」

私の貸しているネクタイが皺《しわ》にならないように丁寧に巻きながら鏡子が言った。いつも脱いだ物をきちんと畳む鏡子の几帳面《きちょうめん》さには感心する。ブラウスの裾《すそ》をスカートから乱暴に引っぱり出しつつ私は言う。

「私は好かれたない。」

「好かれるくらいよかろ?」

「触られたら気持ち悪い。」

「それは情緒障害じゃない?」

私は穿《は》こうとしていたブルマーを膝の所で引っかけてよろめいた。

「ひどいねえ。私には私の好みがあるいうだけよ。誰でもそうじゃろ。うちのロッコでも、私が抱いたら勃起《ぼっき》しよったけど、他の人が抱いても勃起せんかった。」

「あんたら何の話しよるん?」

すぐ後ろで上級生のたしなめる声がしたが、私たちは気に留めず話を続けた。

「それは私ら全員発情期の真只中《まったださなか》におるよ。ほじゃけん言うて、誰彼かまわず欲望の対象にしたり相手の意向にかまわんかったりしてええいうことにはならんかろ。」

「ごもっとも。」鏡子は私を見た。「ほしたら順子は、誰が相手じゃったら勃起するん？」

私は笑い出しかけた。が、中途半端《はんぱ》な笑いになった。鏡子のあまり言いそうにない冗談であったからだ。他の者が言ったのであったなら笑って蹴《け》る真似《まね》でもするところだが、私は戸惑って着替えの手を止めた。

その時、後ろにいた宇野先輩が笑いながら私の背中を強く突いた。私は着ようとしていたシャツを手に持ったまま前につんのめった。正面にはやはりブラウスを脱ぎ去った鏡子がいた。ぶつかる、と思った瞬間、後ろから腕を摑まれ私は危うく踏み留まった。

「ごめん。吹っ飛ぶとは思わんかった。あんまり大きな声で変な話しよるけん。」

陽気に声を上げた宇野は、鏡子と私の顔を見て怪訝《けげん》そうに言った。

「どしたん？二人とも赤なって？」

着替えをすませた者が次々と部室を出て行く。鏡子と私は黙ってシャツを着た。宇野は少し私たちの様子を気にしていたようだが、先に体育館へ向かって駆けて行った。私たちも遅れて後に続いた。頬の赤味が消えたかどうか心配だった。板東のことを嘲《あざけ》ることはできない、と思った。さっきの鏡子のことばで言えば、私は今「勃起」していた。

私たちは別々のクラスにいた時に仲よくなったという変則的な間柄であったせいか、中学時代にも、その年頃の同性の友人同士がよくやるように腕を組んだり手を繋《つな》いだり、といったことを全くやらなかった。嫌だったからではない。板東や宇野にかまわれるのがありがたくないように、鏡子と皮膚を接するのが不快だったわけではない。その逆だった。

バレーの試合中に連繫《れんけい》プレイが成功して鏡子と肩を抱き合う際など、私はひそかに胸をはずませ、心の中で「天の恵み」と唱えていた。それは色情的な感覚に他ならなかった。コートの外にまで延長させるには何だか恐ろしいような感覚であった。鏡子以外のメンバーとは手を取り合おうが脚が触れ合おうが全く何も感じなかった。相手が鏡子の時にだけ、私は全神経を体の触れ合っている部分に集中させた。そんな自分を好色だと思った。私に抱かれて性器を勃起させていた犬のロッコと同様の存在だと思った。

　いつの頃からだろう、私がこんな風な発情期に入ったのは。月経開始とも発毛とも関連がないように記憶している。もっと以前から私は確かに発情していた。いわゆる性体験はおろか性交とは何かという知識もなかった頃から、気に入っている相手との体の触れ合いによる昂奮は意識していたし、軽い接触で心地よさが生じるならハードに接触すればもっといい思いが味わえるはずだと考えたものだ。私は自分の性的欲望に敏感であった。

　鏡子の方にしても私に対して色情的魅力を感じていなくもないことも承知している。たとえば、鏡子は私のタオルを平気で使うけれども何の気なしにそうしているのではなくわざわざ私の物を使うのだ、ということは、彼女が他の部員のタオルを借りようとせず、かつまた自分のタオルがあっても私の物を使う時があることでわかった。だからこそ、先刻のように半裸の体がまともにぶつかり合いそうになると互いに赤面するのである。ただし、彼女が自分の欲望を欲望として明確に意識しているかどうかはわからない。私に対して、誰が相手なら「勃起」するか、と訊《き》くところからすると意識しているような気もする。

鹿島喜久江も発情していたのではないか。昨夜から私はそう考えていた。板東は、可愛《かわい》さ余って思わず殺してしまったのだろう、と分析したが、私には喰い足りない解釈だった。喜久江の犯行は、きっと、もっといやらしい恥ずかしいところに根ざしていると思う。私は鹿島喜久江のことを自分に引きつけて考え過ぎているのだろうか？

コートのまわりを走りながら私は思い巡らしていた。ふっとあることを思い出した。

小学校六年の頃、例によって私と鏡子と道代と淳美が校庭の隅で笑いさざめいていると、近くの渡り廊下に一人ぽつんと立った喜久江が、いつまでもじっと私たちを見つめていたことがあった。当時喜久江の名を知らなかった鏡子と私は、「どしたんじゃろ、あの子」と頸《くび》を傾《かし》げるだけだった。見つめ方が異様に執拗《しつよう》だったせいで、鏡子と私は喜久江の顔を憶《おぼ》えた。

あの時喜久江は淳美を見つめていたのだ。改めて私は慄然《りつぜん》とした。

鏡子も憶えているだろうか？　訊きたくて私は前を走っている鏡子に強引に寄り

添った。鏡子がこちらを向いた。私は話し出した。半分も話し終えないうちに佐田という先輩が怒って飛んで来た。ちゃんと走らんかね、と怒鳴ると私の脇腹を拳《こぶし》でしたたかに打った。私は痛みに呻《うめ》き声を洩《も》らした。後ろの方で誰かが、あれは痛かったわい、と囁くのが聞こえた。

鏡子は走りながら私を振り返った。私は殴られた箇所を右手で押え、空いた手で、後で、と合図した。蹲《うずくま》りたかったが走るのを止《や》めるわけには行かなかった。練習中に無駄話などしようとしたために殴られたのだから。私は痛みを堪《こら》えながら皆に遅れまいと必死で走った。

私は書きつけた。

――私たちは土手の中腹で立ち止まった。私は淳美のために草の上にハンカチを敷いてやった。小ぶりのハンカチなので座りにくく、前に伸ばした脚の下側には草がちくちく当たるだろうに、淳美は文句も言わず腰を下ろして私を見上げ微笑《ほほえ》んだ。私は腋《わき》の下にぐっしょりと汗を掻《か》いていた。悪臭がしないか気にかかる。私は腋臭《わきが》体質なのだ。草の匂《にお》いの方が私の腋の下の臭《にお》いよりも強いように、と祈りつつ淳美の隣に座った。私のいる側が風上だった。

　私が黙っているので淳美も何も言わない。お互いもっと小さかった時分には、話らしい話などしなくとも、手を繋いで駆け回っているだけで愉《たの》しかったのに。私は持っていたスーパー・マーケットの袋から菓子を取り出し淳美に渡す。ストロベリー・チョコレート、サイコロ・キャラメル、かっぱえびせん等、小さい頃の淳美の好きだった物ばかりである。

　礼を言って淳美はかっぱえびせんを噛《かじ》った。食べてもらえて私は嬉《うれ》しかった。が、よくよく考えてみれば、淳美がかつて好きだった菓子を現在も好きであるとは限らないのである。今はチーズ・クラッカーとかホームメイド・クッキーとかブルーベリー・タルトレットを好きになっていて、無理をしてかっぱえびせんを口に運んでいるのかも知れない。そう思うと哀れさが込み上げて来た。――

　そこまで書くと、私は大学ノートを閉じた。知らないうちに顔をしかめていた。人殺しの気持ちなどわからない。わかりたくない。それなのに、こうして鹿島喜久江の立場に立って小説めいた文章を書いていると、まるで自分が淳美を殺そうとしているかのような妙な気分に陥ってしまう。喜久江が私に乗り移ってしまいそうなのだ。危い、と感じた。シャープ・ペンシルを放り出した。

「Ａ高校一年のＡ子（十六歳）が淳美さん殺しを自供」と伝えたのは昨日の夕刊であった。今朝の朝刊にはもう少し詳しい記事が載った。「Ａ子は犯行の動機について、小学校を卒業する際に在校生が卒業生に送ることになっている手紙を、幼馴染の淳美さんが自分にくれなかったからだ、と語っている」云々《うんぬん》。

朝刊を読んだ母は「まあ執念深いねえ。そんな小さなことを三年半も根に持っとるとは」と呟《つぶや》き、日曜日なので家にいた父はそれを受けて「いや、こんなことが理由のはずがあるか。他に動機があるに決まっとる」と意見を述べた。私は記事に眼を通すと、早々に居間を出て自室に引き籠《こも》った。そして衝動的に書き始めた。

私は小説を書きたかった。たとえ形にならなくても、鹿島喜久江の起こした事件を知ったことで私の中で渦巻《うずま》き始めた不快感を、ことばにして吐き出し尽くしたいと思った。そうしなければ、全身に毒が回って私が私でなくなりそうだった。しかし、私はもう挫《くじ》けている。ことばを綴《つづ》るということは、自分の内に抱えているものを外に吐き出すことではなく、むしろ内に留めたまま熟成させることのようであった。

小説を書く必然性など何もない。自分の内に潜《ひそ》む毒素をわざわざ発酵させることはない。けれども、もし私の中の毒素が本当に毒素として機能し始めたら、私はどう変わるだろうか？　それとも変わらないのだろうか？　知りたい、書くことによって知りたい、と思う。私は閉じた大学ノートとシャープ・ペンシルを眺め思案していた。

事件の概略はこうだ。鹿島喜久江は長谷部淳美を好きだった。年下の幼馴染を可愛く思うという程度以上に好きだった。ところが、淳美の方ではそれほど喜久江が好きなわけではなかった。だから、喜久江は淳美を殺した。ありふれた殺人事件である。変わっているのは、加害者と被害者の年齢が低いことと同性同士であることだ。

喜久江は性的な意味においても淳美を好きだったのだろうか。私が確認したいのはその点だった。同性を好きになること、同性を欲望すること自体は、現に私の身にも起こっているのだし、問題ではない。数多くはないにせよ世の中に確かにあることである。ただ、幼馴染に手を掛けるまでに喜久江を荒れさせた原因のひとつが性であったら――。

階下で母が私を呼んだ。私は不機嫌な顔で下りて行き居間を覗《のぞ》いた。親たちは煎《せん》餅《べい》を食べながらテレビを観ている。私が声をかけると、母は玄関の方を指差した。玄関口には兼松道代が立っていた。驚いた。道代が私の家を知っているとは思わなかったからだ。道代は私の表情を見て愛嬌《あいきょう》のある笑顔で言った。

「びっくりした？　急に来て。」

「びっくりした。」鸚鵡《おうむ》返しに答え、急いで促《うなが》す。「外に行こ。」

家に上がりたそうな様子も見せず、道代は素直に従った。道代が何の目的で訪ねて来たか察しはついた。案の定、外に置いてあった道代のミニ・サイクルの籠《かご》には今朝の新聞が入っていた。

「公園に行く？」

「どこでも。」

親たちのいる家で事件の話はしたくなかった。聞こえはしないとしても、階下に親がいると思うだけで嫌だった。少し先に申しわけばかりに樹《き》を植え二、三の遊具とベンチを置いた小公園がある。そこへ行くつもりだった。道代はミニ・サイクルを手で押しながら私と歩調を合わせて歩いた。

老人夫婦が二人で住んでいる家の前を通りかかった時、道代が言った。

「ここの家の人、さっきからおまじない唱えよる。」

「おまじないじゃないよ。お経《きょう》を上げよるんじゃがね。」

ぶつぶつ言う声が家から洩れていた。夫婦が夏に新興宗教に入ったのは知っているが、何という宗教なのかは聞いたことがない。窓に掛かった簾《すだれ》の隙間《すきま》から一心に祈る二人の後ろ姿が見えた。道代は馴染みのない光景に気圧《けお》されたのか、読経《どきょう》の聞こえる家からできるだけ離れようと私の方に寄って来た。道代の背が意外に高いのに気がついた。

公園で遊んでいるのは小学校の低学年と見られる子供たちだけであった。ベンチは空《あ》いていなかった。二台のベンチのうちの一方では女の子の二人組が声を出して漫画の本を読んでおり、もう一方では中型の雑種犬が長々と体を伸ばして寝ていた。私は柵《さく》の上に腰かけ、道代はミニ・サイクルの荷台に座った。

腰を落ち着けて向かい合うと、道代は泣き笑いのような顔になった。

「何なんでしょうね、鹿島喜久江って。」

道代の通うT中学校でも淳美を殺したのが喜久江だということは知れ渡っている

という。長谷部家と鹿島家の近隣の家から話が広まったらしい。職員室でも教師たちが声高に鹿島喜久江の名を挙げて事件について話し合っているともいう。

「馬鹿《ばか》じゃないんじゃろか、鹿島喜久江って。淳美はあんな女なんか嫌がっとったんです。気持ち悪い言うて。ほじゃけど家が近いけん、そうそう避けてばっかりもおられん、て嘆きよったんです。ほじゃけん、小学校の時の卒業生に出す手紙でも、鹿島さんが淳美のを欲しがっとると知っとったけど、あえてあげんかったんです。」

「誰にあげたん？」

「決まっとるじゃないですか、真壁鏡子さんですよ。」道代は私の顔を覗き込んだ。

「皆川さんには私があげたんを憶えとりますか？」

「憶えとる。」

　道代の手紙には「皆川順子せんぱい　わたしたちは三歳ちがいだから中学と高校は入れちがいになるけど大学ではまた顔を合わせたいです」と書いてあった。私はその手紙を保存してある。

「私はこだわりませんけどね、憶えてもろとっても忘れられとっても。」ちょっと大人びた微笑を浮かべる。「淳美いう子は違《ちご》とった。あの子はおとなしそうに見え

て案外芯《しん》の強い情熱家なんです。あの子、真壁さんにこだわっとった——執心《しゅうしん》って
いうんですか、四年以上執心し続けとったみたいです。私にはようわからん心情じ
ゃけど。」
道代の確乎《かっこ》とした口調に爽《さわ》やかさと頼もしさを感じた。この子は将来どんな人や
物に出会っても明快な態度で対応できるタイプの人間だろう。私のように、ある種
の物事に引っかかってうろうろしたりはしないだろう。そう思うと羨《うらや》ましくさえな
る。
道代の方は、私を見つめたり、視線を落としたり、公園の中の人々を振り返ったた
りしながら、数日間で溜《たま》った様々な思いをぽつりぽつりと口に出して行った。
「職員室では、鹿島喜久江は県立高校に受からんかって私立に行かんといかんよう
になったんがショックでノイローゼになっとったんじゃないか、と言われとります。
確かに、K高に行き出してからちょっとおかしなった、いう噂もあるんです。一つ
年下の弟に毎日のように喧嘩吹きかけたり、淳美が家でピアノ弾きよったらうるさ
い言うて文句つけて来たり。でも、私知っとるんです、淳美から聞いて。あの女、
もっと前から変じゃったんですよ。」

道代の次のことばに、私の頭は熱くなった。

「淳美が小学校五年くらいの時、鹿島喜久江は淳美を裏庭とかに呼んで二人っきりになって、抱き締めたり耳や項《うなじ》に唇つけたりするんじゃって。どうかしとらい。」

道代はまともに憤慨《ふんがい》していた。私はことばもなかった。胸が詰まった。

やはり、と私は思ったのだ。やはり。さもありなん。鹿島喜久江は発情していた。考えていた通りではあったが、実際に確認してみると、まだ誰にも触れられていない私自身の耳の後ろを唾液《だえき》でぬめった唇が這《は》うような不快さに襲われた。自分がどんな表情をしているのか気になった。

幸い道代は私を見ていなかった。眼を伏せ、吐き出すように言った。

「嫌ですね、本当に。」

私は曖昧《あいまい》に頷《うなず》いた。

私たちは少しの間黙っていた。陽の色はすでに黄色味を帯びており、私の後頭部は西陽を受けて暖かかった。西陽を真正面から顔に浴びている道代は、眩《まぶ》しそうに瞬《まばた》きすると急に明るい声を上げた。

「そう言えば、聞いたよ、みながわじゅんこ。中学校の卒業式の日、記念の握手を求めて来る下級生の男の子全員の手を握って回ったんじゃって？ 真壁さんなんかはしとやかに断わったのに、皆川さんだけ嬉しそうに求めに応じた、T中始まって以来のお調子者の女の子じゃって。」

私は憮然《ぶぜん》とした。

「誰がそんなこと言うた？」

「担任。それにバレー部の先輩。私と淳美もバレー部に入っとったんです。」

道代は面白そうに笑った。「今日は一人で勝手なこと喋りに来てすみませんでした」と詫びてミニ・サイクルのサドルに跨《またが》って帰って行くまで、私をからかうような笑顔のままであった。中学校の卒業式の日、私が寄って来る下級生の男の子全員と握手したのは事実である。だが、別に愉《たの》しんでやったのではなく純粋なサービス精神から求めに応じたまでである。男の子と握手したとは言え形だけであってときめきひとつなかったことを、道代は一生知らないで終わるのだろう。

週が変わると気候も変わった。太陽の光は落ち着き風が強くなって、急速に秋の気配が押し寄せて来た。

東京から週刊誌の記者が取材に来て市内をうろついているとの噂が流れたのは月曜日、火曜日あたりであった。学校では事件を滑稽《こっけい》化した遊びが流行《はや》った。友人に菓子を見せて物陰に呼び寄せ頸を絞める遊びである。板東はそれを見て「頽廃《たいはい》しとる」と怒った。私は初めて板東と意見をともにした。

しかし、愚劣な流行もすぐに下火となった。中間試験の順位が発表されたし、文化祭の準備の始まる時期でもあった。自分に関係のないことに好奇心を燃やしていられる人間は週末にはほとんどいなくなってしまった。

私は風邪をひいたのか咳《せき》に悩まされていた。バレーの練習中、ブロックに跳んだ直後などに連続的に咳が出るのである。熱や頭痛はなく体がだるいわけでもないのだが、時々肺が引きつるような感じがして咳の発作が起きる。咳くらいで病院に行く習慣はなかったが、どうも症状がしつこく多少不安ではあった。もっとひどくなったら医者に診てもらうことに決めた。

新人戦がいよいよ近くなって来たので部員たちのプレイには真剣味が増していた。特に鏡子は調子を上げており、スパイクの切れもいちだんと鋭くなって来た。身長まで一、二センチ伸びたように見える。この分だと新人戦でも結構重用《ちょうよう》されるのではないかと思われた。もっとも、わがチームはどうせよくて地区予選二回戦止まりだろうから、鏡子の活躍場面もほんの僅《わず》かだろうが。

咳込む私には、同じコートに入る他の五人のメンバーとの距離が遠く隔って感じられてならなかった。コートに六人で入ることの歓《よろこ》びが全くない。以前はボールを追う際に、六人の中の一人としてしなければならないことが瞬間的にわかり、体が自然にパスの体勢をとったりフォローのために動いたりしたものであった。今だって体は動くことは動く。けれども自然にではないのだった。努力して意識を集中していないと私の動作は浮いた。

私はバレーボール以外のことに気をとられていた。日曜以来、私は毎晩大学ノートを開いて書いた。

——今一度私は、何年か前にやったように、淳美の髪の生え際《はえぎわ》に唇を押しつけたいと思った。嫌がられるのは承知している。十一歳の日の淳美は凝然《ぎょうぜん》として私の行為に耐えていた。気の優しい彼女は私の腕を振り払うことができないのだった。それを幸いと、私はじめじめとした裏庭で淳美を十分ほども放さなかった。自分の卑《いや》しさと惨《みじ》めさを悲しみながら。

淳美はなぜ今日私の誘いに応じてこんな土手までついて来たのだろうか。菓子を見せて気を惹《ひ》こうとした私の愚かさを哀れんだのだろうか。私は笑いたくなった。馬鹿な子だ。可哀《かわい》そうな子だ。自分の身の危険に勘づかないお人よし。この子の命を奪ってあげることはきっと正しいことなのだ。昂奮《こうふん》の余り、私は涙ぐんだ。

もっと前に淳美を殺しておいてあげればよかった。私が小学校を卒業する時に、殺しておいてあげればよかった。そうすれば淳美は裏庭で私にくちづけされたりすることもなかったのだ。私が小さい頃から誰よりも好きだったこの女の子は、私に小学校卒業のお祝いの手紙をくれなかった。私はとても辛《つら》かったのだが、いずれは辛くなくなるだろうと思っていた。ところが、あれから三年半、日ごとに辛さが深くなってここまで来ようとは自分でも予測できなかった。

今日までこの子を生かしてしまったのは私の責任である。今、私は責任を果たす。

——

綴ったことばの分量は決して多くないのに、書いている最中の私の頭には沢山の妄念が絶えず浮かんだ。人には絶対言えない種類の妄念もあった。蒲団《ふとん》に入ってからもよく眠れない晩があった。寝返りを打っては私は咳込んだ。

土曜日の午後、私は一年生の仲間たちと一緒に体育館の隅に座って、二年生から成る新人戦のレギュラー・チームと補欠要員チームとの紅白試合を見学していた。補欠チームには鏡子を含めて三名の一年生が入っている。私は試合の流れには注意していなかった。十二人のバレー部員たちが動き回る姿を漫然と眺めるだけだった。

鏡子の動きは美しかった。乱れがなく無駄がなかった。今まではずっと同じコートの中にいたので気がつかなかったが、こんなに見た眼に美しいプレイをしていたのだろうか。中学時代からよく皆にO脚気味だと笑われていた脚も、コートの外から眺めるとかえって愛らしくてよいくらいだった。私は動物園の檻《おり》の中の動物でも見るように古くからの友人に見入っていた。

喜久江や淳美はもしかすると私などと比べると随分早熟なのかも知れなかった。私は淳美のように人が身に着けている物を欲しいと熱望したり、喜久江のように欲望に導かれるまま行動しようとしたことはない。私は本当にささやかな接触の機会を待ち焦《こ》がれているばかりである。しかし、私は彼女らとは別種の愉しみを知っていた。

中学時代、試合中鏡子がミスをするとどういうわけでか私が代わりに皆から叩《たた》かれるならわしとなっていたが、実は私はその役割を非常に誇りに思っていたのだった。鏡子の代わりに、と考えると誇らしかった。小突かれる痛みさえ悪くないものだった。鏡子の方はあのことをどう考えていたのだろう。いつも笑いながら打たれる私を見ていたような気もするが、自分の代わりに責めを負う役割の者がいることを彼女の方でも誇っていてくれたのだったらよい。痛みを思い返して私は愉しむことができるから。

ぼんやり座っている私を隣にいる子がつついた。コートから補欠チームの一人が降りて来るところだった。「皆川さん、お入り」と先輩が叫んでいた。私は慌《あわ》てて立ち上がった。鏡子が自分の左隣を指差した。

補欠の一人が足を挫《くじ》くかどうかしたらしい。正確な事情を聞く暇はなかった。レギュラー・チームのサーバーがサービス・ゾーンに入り、私は腰を低く落としてかまえた。替わりばなを狙《ねら》われるかと思っていたら、やっぱりボールは私めがけて飛んで来た。私は見事に外に弾《はじ》いた。ドンマイ、と声がかかった。「多分もう一回狙われるよ」と鏡子が注意した。

その通り、二度目も私の所へボールが来た。今度は上げた。模範的なレシーブだった。これまた理想的なトスがなされ鏡子が打ち込んで決まりそうに見えたが、さすがに相手はレギュラー・チームのプライドをかけて必死で拾い返して来た。こちらももう一度スパイクする。しかし、今度はうまく行かず敵方のチャンス・ボールとなった。ブロックに跳ぶ時、一瞬左の脇《わき》の下が攣《つ》るような嫌な予感があった。かまわず思い切り腕を伸ばした。左手にまともにボールが当たった。着地の瞬間左脇腹に激痛が起こった。

ネット越しに、ボールがコートを転がるのを見た。まわりで歓声が起こった。だが、私は左脇腹を押え咳込みながら膝《ひざ》をついていた。歓声がやんだ。耳元で鏡子の声がした。脇の下に手が差し入れられた。その腕が左脇腹の痛い部分を圧迫したので、よけるように私は右側に倒れ込んだ。生温かく柔らかなものに受け止められた。

そうして気が遠くなって行ったのだが、眼の前が真暗になる寸前に、生まれて初めて味わうと言っていいこのひどい痛みと、ずっと前から味わいたいと望んでいた甘い匂いのする抱擁のもたらすこの恍惚感《こうこつかん》は、後々まで反芻《はんすう》できるように絶対に憶えておこうと思ったのである。

左脇腹の肋骨《ろっこつ》が二本折れている、と医者は診断した。レントゲン写真を見せられたが私には実感できなかった。「何かにぶつかったとか、転んだとか、殴られたとかいうことはありませんでしたか？」と医者が尋ねた。打身や擦傷は絶えることがなく、いつできた傷なのかいちいち憶えていない日々だから、なかなか思い当たることがなかったが、ふと佐田に左脇腹を殴られたことを思い出して「そういえば一週間ほど前、部活の時にけっこう強うに打ったような気がします」と答えると、医者は急に方言になって「あれ、あんた、肋骨が折れとるのに一週間も気がつかんかったんかね。暢気《のんき》なねえ」と馬鹿にした。

私は左脇腹の痛みを咳が出る前の呼吸器のむず痒《がゆ》さと間違えていたのだった。「もうちょっと自分の体に関心持ちなさいや」と医者が叱《しか》った。「関心は大いにあるのですが」と言ったら、「ほしたら鈍いんじゃ」と決めつけられた。左の肩から脇腹にかけてギプスを嵌めて最低一週間入院することになった。

入院生活は快適だった。安静を保っていれば痛みもなかったし、利《き》き腕の右手は普通に使えた。個室に入れたので気楽でもあった。私は毎日たっぷりと昼寝をし、夕刻には見舞いに訪れる友人や親とお喋りした。夜になると電気スタンドをつけ、家から持ってきた大学ノートに文章を書いた。相変わらずの喜久江と淳美の物語だった。

——私は淳美が私を好きではないことを不当に思った。淳美が好きでもない私に気を遣《つか》うのを不当に思った。淳美が他の誰かを好きであると考えると心が痛むのを不当に思った。淳美が私に殺されようとしていることを不当に思った。淳美の頸の痛みを私が感じられないことを不当に思った。淳美が死んでも私が死ぬわけではないことを不当に思った。——

私は私の描こうとしている鹿島喜久江ではなく現実の鹿島喜久江のことを考えた。新聞はその後の喜久江のことを一行も報道していない。今頃は少年鑑別所だろうか、裁判所だろうか。気はしっかりしているだろうか。淳美のことを考え続けているだろうか。後悔しているかも知れない。自殺の恐れもある。

中学校で二年間同じクラスであっただけの、縁の薄い知人でしかない喜久江に、事件を通して関心を持ちはしても好意や共感を抱いたわけではない。むしろ彼女は私にとっては実に恥ずかしい存在だった。全く何という惨めったらしい行為をしでかしてくれたのだ、という気持ちである。叶《かな》えられない欲望を内攻させ捩《ねじ》れさせ、持ちこたえられずに愛情の対象も自分も壊してしまう、陰惨な情熱家。彼女は、私が決してなりたくないにもかかわらず、まかり間違えばなってしまいかねない種類の人間であった。

もしも喜久江が淳美を殺さなかったら彼女の未来はどんな風であっただろうか。同性愛者として生きて行っただろうか。あるいは、学校を卒業し数年社会に出て働いて見合いで適当に結婚して、といったよくもなければ悪くもないと一般に考えられている平凡な人生を歩んだだろうか。そして、時々淳美と淳美に傷つけられたことを思い出して感傷に浸っただろうか。それとも、淳美を殺さなかったことで余計に彼女の人生は苛酷《かこく》なものになっただろうか。

淳美の方はどうだろう？　生きていればそのうちにボーイ・フレンドでもできて、昔真壁鏡子という先輩に憧《あこが》れていたことなど忘れてしまい、あたりまえの青春を謳《おう》歌《か》しただろうか。かく言うこの私は、これから先、いったいどうなるのだろう？

退院を翌日に控えた日、鏡子が一人でやって来た。新人戦は予選一回戦で敗退したとの報告がてらの見舞いであった。

「ほじゃけど、なかなかええ内容の試合じゃったんよ。接戦で。」

「出してもらえた？」

「途中からね。」

「一年で一人だけ？」

「うん。」

前日の試合の疲れと緊張が残っているのか鏡子の顔色は冴《さ》えなかった。私が見舞い品のケーキを勧めても頭を横に振った。しかたなく一人でケーキを食べる私に向かって言う。

「入院して太ったんじゃないん？」

「太った。もうギプスがきつうてひび割れて来た。骨がくっつくんが先か、ギプスが壊れるんが先か、これは賭《か》けじゃね。」

鏡子は笑いながら、上体を起こしてベッドに座っている私の左脇腹あたりに眼を向けた。見つめられると、倒れかけて鏡子に支えられ折れた骨の真上を押えつけられた時の激痛と熱い掌《てのひら》の感触が甦《よみがえ》り、恥ずかしくなって私は自分の手でギプスを軽く押えた。

私はいきなり言った。

「私、バレー部退《や》めることにした。」

鏡子は顔を上げた。

「何で？　怪我《けが》に懲《こ》りた？」

「いや。」

「身長が伸びんけん？」

「そういうことじゃなしに。」私はひとことで終わらせようとした。「バレーやめて小説書く。」

無表情で私を眺めた後、鏡子は小さく頷《うなず》きながら言った。

「うん、その方が順子には似合《にお》とるかも知れんねえ。」

とても気を遣った言い方で、私はほっとした。引き止められたり冷たいことばで批評されたらどうしようかと思っていたのだ。鏡子はものわかりがよかった。

少し間を置くと、今度は鏡子が言い出した。

「鹿島さんとこ、引っ越したんよ。」

「いつ？」

「二、三日前。喜久江さんはまだ帰って来とらんかったらしいけど。」

「どうなるんじゃろね、これから。」

「何が？」

「鹿島喜久江。」

「ああ、理性が戻ってからが地獄じゃろ。」

鏡子にしては強い口調であった。ある時期から私たちは事件について語り合うのをやめていたが、鏡子は鏡子で一人でいろいろ考えたのかも知れない。憎らしげな口調には正直言ってたじろいだ。

話が途切れた。私たちは無理に話題を見つけようとはしないで黙っていたが、三畳ほどの部屋の中では沈黙が妙に気詰まりだった。鏡子は私の左側に椅子《いす》を据えて座っている。私の左半身は鏡子を意識して堅くなっていた。

鏡子が口を開いた。

「ほじゃけど、もったいないねえ。」

同時に手が私の左脇腹に触れた。

「三年半もバレーやって、肋骨まで折ったのに、やめるとはねえ。」

鏡子はパジャマの上からギプスを嵌めた部分を撫《な》でるような仕草をした。それだけでギプスの下の生身にも微《かす》かに指先の動きが伝わって来るような気がした。鏡子がどういうつもりでそうしているのかわからなかったが、私は昂奮していた。その癖身動きがとれなくて、張り子の人形のようにベッドの上に鎮座《ちんざ》したままだった。ギプスの上の指先は動き続けた。いつかこれ以上の接触をする日が来るだろうか、と私は考えていた。

文化祭明けの休みの日の夕方、私は鏡子と一緒に土手の上を歩いていた。日暮れ時に土手など歩くと様々な小さな虫が顔や腕にぶつかって来たのももう何週間か前の話で、今は河原からの風が皮膚に痛かった。私たちは二人ともスタジアム・ジャンパーを着ていたが、私はマフラーまで巻いていた。ギプスを取ってから寒さが応《こた》えるようになったのである。時々咳が出た。咳をする癖がついたのかも知れなかった。

私はバレー部の退部届を出しに行った時のことを話していた。先輩たちは別に何も言わず届を受け取った。先輩の方にも私の方にも名残《なご》りを惜しむ感情はなかった。簡単な挨拶《あいさつ》をすませて部室を出た。もう毎日学校に居残って練習しなくてもいいのだ、と思うと大きな満足感が胸に広がった。各クラブの部室が集まっている校舎を出ようとしたところで、宇野先輩と佐田先輩に呼び止められた。

宇野先輩が言った。

「もしかして、肋骨が折れたんは私が部室で突き飛ばしたけん？」

「違いますよ。」

私は一笑に付した。次に佐田先輩が尋ねた。

「ひょっとしたら、ランニング中に私が叩いたんで折れたん？」

「違います。いつ折れたんかわからんのです。」

二人の先輩はそれでも心配そうな表情を消さなかった。あと一箇月もすれば、学校のどこかで会ったってお互いに一時先輩・後輩の間柄であったことなど忘れ、知らん顔ですれ違うことになるのだ、と思った。私は二人を残して校舎を出た。振り返ると先輩たちが手を振った。

「本当は何で折れたん？」鏡子が訊いた。

「さあ？」

別に佐田を庇《かば》うつもりでとぼけたわけではない。佐田に殴られたせいで肋骨が折れたという気はしなかったし、折れた原因への興味もなかったから、明確な返事ができないのである。いつの間にか折れていたのだ。私は言った。

「自然に折れたんじゃない？　乳歯が勝手に抜けるみたいに。」

「変わった体じゃね。」

「あれじゃと思うんよ、第二次性徴。」

「第二次性徴で肋骨が折れる？」

「そういうこともあるかも知れん。」

「第二次性徴と言うよりは、変態じゃないん？　メタモルフォシス。」

メタモルフォシスという考え方には心惹かれた。ここ二十日ばかりで私の中の何かは確実に変成している。鏡子は私の変化を正確に見て取っているかのようだった。

私たちは淳美が殺された現場付近に差しかかろうとしていた。事件以来暗くなってから土手のこの付近を下りて行く者はいないという。私たちも足を止めた。何の変哲もない石ころと枯れ草の目立つ土手なのだが、やはり薄気味悪かった。それでいて立ち去り難く、私たちはジャンパーのポケットに手を突っ込んで河原を眺めた。

事件を題材にした小説めいた文章の執筆は中絶している。書き始めた当初から一篇の作品としての形をなし得るとは思っていなかった。書きたい部分、書ける部分だけを私は書いた。大学ノートにはただの文章の連なりしか残っていない。けれども、いずれは完成体に仕上げたかった。

薄闇《うすやみ》の中に鏡子の顔が仄白《ほのじろ》く浮かんでいた。鏡子は手先をポケットに入れたまま肘《ひじ》を私の腕に当てた。

「下りてみる？」

穏やかな声だった。私は足下を見つめた。

「淳美ちゃんの食べかけのお菓子でも残っとったらどうするん？」

「拾《ひろ》て食べたらええ。」

「怖《こわ》ないん？」

「怖いよ。」

鏡子は笑っていた。私たちの腕と腕は接したままである。

静穏そのものの土手の上に立っていると、下りて行くこともそう怖くはないような気がして来る。下りてみてもいい。だが、下りない方がいいだろうか？　私は笑いながら言った。

「どうしょうか？」

街灯が私たちの影を土手の下へと延ばしていた。空の色は青白く、遠くの橋の上をランプをつけた車が行き来する様にはまるで現実感がないように思えた。河原からの風は強さを増していたが、私はもはや寒さを感じていなかった。とりあえず私はポケットから手を引き抜き、そばにある腕に巻きつけた。土手の下は誘うように暗かった。

解説

津村記久子

日本人にとってあまりに致命的な事件であった東日本大震災のことを持ち出して話を始めるのははたしてフェアなのだろうかと自分でも思うのだけれども、それでもやはり、恐ろしいほどの課題を残して、今後数十年、百数十年も残る損害を日本という国にかぶせたあの出来事には、日本人における対他者の価値観を揺るがす側面があったように思う。どうやって他者と生きたらいいのか？ ある人は、結局は家族なんだ、という結論に達したかもしれないし、あそこまでの状況の中ですら共感し合えることのない家族に絶望した人もいるかもしれない。震災を介して他人に近付こうとして失敗した人も、たぐり寄せられるようにして出会った人々もいるかもしれない。いずれにしろ震災が、人間同士が関係するということを、日本の人々がもう一度考えるトリガーとなったのは間違いないと思う。

本書のメインタイトルである『奇貨』の初出は、二〇一二年六月号で、雑誌の発売を五月、校了を四月と考えると、東日本大震災のほぼ一年後にあたる。松浦さんの頭の中に震災のことがあったのかどうかは与《あず》かり知れないのだけれども、小説を読んでから時間が経過すればするほど、わたしにはこの小説が、「それ以降」の世界における、人間同士の関係の在り方を示唆《しさ》しているように思えてならない。それは、すごく雑駁《ざっぱく》な言い方をすると、人間関係におけるメジャーとマイナーの概念における、マイナーの側を、痛切なほどに誠実に描いているからだ。

何をメジャーとして、何をマイナーとするか。メジャーを定義するのは簡単で、それは結婚や、結婚につながるか同列と本人たちが考えている恋愛や、親子や家族関係といった血筋で結ばれている者たち、会社と忠実な社員、決して自分を裏切ることのない仲間、宗教がらみといった、これまでさんざんいろんなところで称揚され、これからもさまざまな装飾を施されて語られる人間関係のことである。けれども、マイナーの側が何かとするのは難しい。あえて言うなら、前述のメジャー以外のすべて、と言ってよいだろう。東日本大震災は、「絆《きずな》」として語られる前者と、それのカウンターとしての「ゆるやかなつながり」である後者の存在と亀裂《きれつ》を、改めて炙《あぶ》り出したのではないだろうか。それは言うなれば、「死ぬ時には畳の上で、子や孫に囲まれていたい」とでもいうような「成果」を改めて問い直す、またはよりそちらにしがみつかせて思考放棄させる方向へと走らせる端緒となったのではないか。

『奇貨』という作品は、本田という四十五歳の男性の小説家と、七島《ななしま》という三十五歳の女性の会社員がシェアハウスをして、やがてそれを解消する、という、それだけのあらすじを、本田さんの側から語った小説である。しかし、そこでやりとりされる愛着と信頼の揺らぎは、あまりにもなまなましく緊張感に満ちて、スリリングだ。小説を読みながら、わたしには、卓球やテニスの最高に優れた選手同士のラリーが思い出されてならなかった。強く弱く、重く軽く、高く低く。それが行われているというだけで、人の心を動かすような。なりゆきがどうこうというのは二の次にして、縦横無尽に登場人物たちの言葉と心が行き交うさまは、その様子自体が感動的なのである。そしてそのことが、こちらの身が正されるほど真摯《しんし》に、ゼロから組み立てられて書かれている。人間同士が関係する、ということを、読み手の頭の中のイメージを借りて書き手の意図する方向になぞってみせるのではなく、言葉で読み手の頭を摑《つか》んで、体験させる。

どのぐらいの体験をさせてもらえるのかというと、もう、わずか3ページ目までの、語り手の本田さんと七島の会話で溜飲《りゅういん》が下がる思いがするのである。恨み話で意気投合する主要人物の二人が、いやな奴《やつ》をいやな奴とちゃんと認識していて、そいつらに対して共闘できる人たちであるということがわかるのだが、結末を知りながら読み返すと、快哉《かいさい》と同時に、かすかな悲しみがこみ上げる。本田さんをあしらってきた男連中の卑《いや》しさにうなずけばうなずくほど、七島を振り回す寒咲《かんざき》のたちの悪さの指摘が的確であればあるほど、そして、自分が彼らの恨み話に参加しているような、そうでなくても、隣で聞いているような錯覚に陥れば陥るほど、本田さんと七島の関係が確約されたものではなく、彼らが二人で寒咲のようなしちめんどくさい悪人をやっつけるという単純な話ではないということを辛《つら》く思う。ほとんど自分や友人のことのように。

寒咲という女の、自分で何をやりたいのかわかっていないくせに、人を誘い込んだり、寄りかかってきたり、試したりする、主体性のない悪どさに捕らわれたままでいる七島は、こちらが申し訳なくなるぐらい、他者に対して真摯で厳粛な女性である。まじめなのだ。襖田《ふすまだ》さんという、好ましい会社の先輩の女性への一線の引き方からも、それが伺える。本田さんもまた、違う方面からまじめである。彼が、自分の性経験について、淡々と読者に語ってみせる一節には、虚飾のない他人の話を聞いた時のような満足感が漂っていて、ほとんどほっこりとさえする。そしていつのまにか、本田さんの性行為の淡白な傾向についての感想をいろいろ教えてくれる女性や、本田さんが唯一《ゆいいつ》愛したと言える「カズ」と呼んでくれる風俗嬢とうまくいかなかったことが、心底悲しく思えてくる。どうしてうまくいかないんだろう、と真剣に考え込んでしまう。特に、突然姿を消した風俗嬢に関しては、「がんばろうよ、一緒に探すよ」とまで思った。どうやってだ。

それほどまでにこの小説は、語り手の本田さんや七島を、読者にとって親密な人物として感じさせる。本当に、小説の登場人物としての限界まで二人が寄ってきていて、そこで本田さんと七島が話しているような気さえしてくる。まさに、小説を通した人間関係の体験なのだ。読み手のイメージを借りない誠実な手つきの元で生まれるその強烈なリアリティは、対人関係におけるまじめさが捕食者に目を付けられるような理不尽、また、本田さんと三年もシェアハウスをしていたのに、七島が親友のポジションをヒサちゃんという女性に置いてしまう悲哀や（このヒサちゃんがまた魅力的な人なので仕方ないとはいえ）、それ故《ゆえ》に起こる、本田さんの倒錯的な心理とその先の決裂を描きながら、決して物語をわかりやすい愁嘆場や結論へは導かない。人はだれだって孤独である。そしてそれにそのかされるように病む、というようなわかりきった定義に安住するのではなくて、この作品は、孤独のその先を描いている。大前提として孤独であっても、人は依然関係し、影響し合い、他者の営為に喜んだり落胆したりする。読み手はあたかも、その様子について、本田さんから直接話を聞いているような気分を体験する。本田さんもまた、読者にとっては、目の前にいる他者なのだ。

本田さんと七島が結果的にたもとを分かつラストは、幸福ではない、というか、いわゆる「成果」をあげたものではないのに、あまりにも優しくゆかしい。むしろ別々になることによって、彼らの間の心のやりとりが存在していたということが鮮やかに浮かび上がる。かき消されるのでも風化するのでもなく、決裂するほどに、それは確かにそこにあったのだと。そのことに、ひどく心を揺さぶられる。

「人と人との関係ってそんな結果がすべてみたいな単純なものじゃないよ」と七島が言うように、金でも性欲の充足でも心や生活の安定でも自己愛の部品でもないものを与えてくれる人間関係というものはある。そういう愉悦は、普段の生活の中で際立《きわだ》ったものとしてしゃしゃり出てくるものではないが、必ず存在する。だいたいはそれは友情という言葉に丸め込まれてゆくものだけれども、「友愛」や「親密さ」というものが内包する、複雑な陰翳《いんえい》と緊張を、この小説はつまびらかにする。他者と関わることをもう一度とらえ直さなければならなくなった「その後の世界」において新しく見《み》出《いだ》された、けれども本当はずっとそこにあった、わたしたちの痛みと喜びに光があてられ、ただ言葉を追っているだけで幸せだと思える端正な文章で、力強く語り直される。本当に、松浦さんに感謝したい。

併録の『変態月』は、年上二人、年下二人の計四人の女子の交流を描いたものである。ある事件をきっかけに、水面下で行き交う彼女たちの慕わしさの揺らぎには、静かな陶酔が香る。また、若い女の子が「書く」という行為によって世界に分け入っていくいきさつと描写の明晰《めいせき》さには、歯嚙《はが》みしたくなるほどの、筋道の通ったことの美しさを感じる。

（平成二十六年十二月、小説家）

この作品は二〇一二年八月新潮社より刊行された。

【初出】
奇　貨　「新　潮」二〇一二年六月号
変態月　「すばる」一九八五年九月号

角田光代著
キッドナップ・ツアー
産経児童出版文化賞・路傍の石文学賞受賞

私はおとうさんにユウカイ(=キッドナップ)された! だらしなくて情けない父親とクールな女の子ハルの、ひと夏のユウカイ旅行。

角田光代著
おやすみ、こわい夢を見ないように

もう、あいつは、いなくなれ……。いじめ、不倫、逆恨み。理不尽な仕打ちに心を壊された人々。残酷な「いま」を刻んだ7つのドラマ。

角田光代著
さがしもの

「おばあちゃん、幽霊になってもこれが読みたかったの?」運命を変え、世界につながる小さな魔法「本」への愛にあふれた短編集。

山田詠美著
色彩の息子

妄想、孤独、嫉妬、倒錯、再生……。金赤青紫白緑橙黄灰茶黒銀に偏光しながら、心のカンヴァスを妖しく彩る12色の短編タペストリー。

山田詠美著
ラビット病

ふわふわ柔らかいうさぎのように、いつもくっついているふたり。キュートなゆりちゃんといたいけなロバちゃんの熱き恋の行方は?

山田詠美著
放課後の音符《キイノート》

大人でも子供でもないもどかしい時間。まだ、恋の匂いにも揺れる17歳の日々——。放課後にはじまる、甘くせつない8編の恋愛物語。

小川洋子著　まぶた

15歳のわたしが男の部屋で感じる奇妙な視線の持ち主は？　現実と悪夢の間を揺れ動く不思議なリアリティで、読者の心をつかむ8編。

小川洋子著　博士の愛した数式
本屋大賞・読売文学賞受賞

80分しか記憶が続かない数学者と、家政婦とその息子——第1回本屋大賞に輝く、あまりに切なく暖かい奇跡の物語。待望の文庫化！

小川洋子著　海

「今は失われてしまった何か」への尽きない愛情を表す小川洋子の真髄。静謐で妖しく、ちょっと奇妙な七編。著者インタビュー併録。

川上弘美著　ざらざら

不倫、年の差、異性同性その間。いろんな人に訪れて、軽く無茶をさせ消える恋の不思議。おかしみと愛おしさあふれる絶品短編23。

川上弘美著　どこから行っても遠い町

二人の男が同居する魚屋のビル。屋上には、かたつむり型の小屋——。小さな町の人々の日々に、愛すべき人生を映し出す傑作小説。

川上弘美著　パスタマシーンの幽霊

恋する女の準備は様々。丈夫な奥歯に、煎餅の空き箱、不実な男の誘いに喜ばぬ強い心。女たちを振り回す恋の不思議を慈しむ22篇。

堀江敏幸著
雪沼とその周辺
川端康成文学賞・谷崎潤一郎賞受賞

小さなレコード店や製函工場で、旧式の道具と血を通わせながら生きる雪沼の人々。静かな筆致で人生の甘苦を照らす傑作短編集。

堀江敏幸著
河岸忘日抄
読売文学賞受賞

ためらいつづけることの、何という贅沢！異国の繋留船を仮寓として、本を読み、古いレコードに耳を澄ます日々の豊かさを描く。

堀江敏幸著
おぱらばん
三島由紀夫賞受賞

マイノリティが暮らす郊外での日々と、忘れられた小説への愛惜をゆるやかにむすぶ、新しいエッセイ／純文学のかたち。

井上荒野著
潤一
島清恋愛文学賞受賞

伊月潤一、26歳。気紛れで調子のいい男。女たちを魅了してやまない不良。漂うように生きる潤一と9人の女性が織りなす連作短篇集。

井上荒野著
切羽へ
直木賞受賞

どうしようもなく別の男に惹かれていく、夫を深く愛しながらも……。直木賞を受賞した繊細で官能的な大人のための傑作恋愛長編。

井上荒野著
つやのよる

男ぐるいの女が死の床についている。かつて彼女と関係した男たちに告げられた危篤の報が予期せぬ波紋を広げてゆく。長編恋愛小説。

江國香織著

がらくた

島清恋愛文学賞受賞

海外のリゾートで出会った45歳の柊子と15歳の美しい少女・美海。再会した東京で、夫を交え複雑に絡み合う人間関係を描く恋愛小説。

江國香織著
銅版画 山本容子

雪だるまの雪子ちゃん

ある豪雪の日、雪子ちゃんは地上に舞い降りたのでした。野生の雪だるまは好奇心旺盛。「とけちゃう前に」大冒険。カラー銅版画収録。

江國香織著

犬とハモニカ

川端康成文学賞受賞

恋をしても結婚しても、わたしたちは、孤独だ。川端賞受賞の表題作を始め、あたたかい淋しさに十全に満たされる、六つの旅路。

佐野洋子著

ふつうがえらい

嘘のようなホントもあれば、嘘よりすごいホントもある。ドキッとするほど辛口で、涙がでるほど面白い、元気のでてくるエッセイ集。

佐野洋子著

がんばりません

気が強くて才能があって自己主張が過ぎる人。あの世まで持ち込みたい恥しいことが二つ以上ある人。そんな人のための辛口エッセイ集。

佐野洋子著

シズコさん

私はずっと母さんが嫌いだった。幼い頃からの母との愛憎、呆けた母との思いがけない和解。切なくて複雑な、母と娘の本当の物語。

吉本ばなな著

白河夜船

夜の底でしか愛し合えない私とあなた——生きてゆくことの苦しさを「夜」に投影し、愛することのせつなさを描いた〝眠り三部作〟。

よしもとばなな著

アナザー・ワールド
—王国 その4—

私たちは出会った、パパが遺した予言通りに。3人の親の魂を宿す娘ノニの物語。生命の歓びが満ちるばななワールド集大成！

よしもとばなな著

どんぐり姉妹

姉はどん子、妹はぐり子。たわいない会話に命が輝く小さな相談サイトの物語。メールに祈りを乗せて、どんぐり姉妹は今日もゆく！

いしいしんじ著

ぶらんこ乗り

ぶらんこが得意な、声を失った男の子。動物と話ができる、作り話の天才。もういない、私の弟。古びたノートに残された真実の物語。

いしいしんじ著

トリツカレ男

いろんなものに、どうしようもなくとりつかれてしまうジュゼッペが、無口な少女に恋をした。ピュアでまぶしいラブストーリー。

いしいしんじ著

ある一日
織田作之助賞受賞

「予定日まで来たいうのは、お祝い事や」。十ヶ月をかけ火山のようにふくらんでいった園子の腹。いのちの誕生という奇蹟を描く物語。

中沢けい著
楽隊のうさぎ
吹奏楽部に入った気弱な少年は、生き生きと変化する――。忘れてませんか、伸び盛りの輝きを。親たちへ、中学生たちへのエール！

野坂昭如著
エロ事師たち
性の享楽を斡旋演出するエロ事師たちの猥雑きわまりない生態を描き、その底にひそむパセティックな心情を引出した型破りの小説。

野坂昭如著
アメリカひじき・火垂るの墓
直木賞受賞
中年男の意識の底によどむ進駐軍コンプレックスをえぐる「アメリカひじき」など、著者の〝焼跡闇市派〟作家としての原点を示す6編。

倉橋由美子著
聖少女
父と娘、姉と弟。禁忌を孕んだ二つの愛に挟まれた恋人たち。「聖性」と「悪」という愛の相貌を描く、狂おしく美しく危うい物語。

倉橋由美子著
大人のための残酷童話
世界中の名作童話を縦横無尽にアレンジ、物語の背後に潜む人間の邪悪な意思や淫猥な欲望を露骨に焙り出す。毒に満ちた作品集。

原田康子著
挽歌
女流文学者賞受賞
霧に沈む北海道の街で知り合った中年の建築家桂木を忘れられない怜子。彼女の異常な情熱は桂木の家庭を壊し、悲劇的な結末が……。

奇《き》貨《か》

新潮文庫　ま－44－1

平成二十七年二月一日発行

著者　松《まつ》浦《うら》理《り》英《え》子《こ》

発行者　佐藤隆信

発行所　株式会社 新潮社

郵便番号　一六二―八七一一
東京都新宿区矢来町七一
電話 編集部(〇三)三二六六―五四四〇
読者係(〇三)三二六六―五一一一
http://www.shinchosha.co.jp

価格はカバーに表示してあります。

乱丁・落丁本は、ご面倒ですが小社読者係宛ご送付ください。送料小社負担にてお取替えいたします。

印刷・大日本印刷株式会社　製本・株式会社大進堂

ISBN978-4-10-126671-8 C0193